당신, 지금 사랑하고 있나요?

당신의 사랑에 대해 들려주세요.

Table of Contents

들어가며

어느 날, 오랜만에 튼 인스타 라방에서 사랑이라는 주제로 이야기를 나누게 되었어요. 라방에 들어온 20대 남성의 풋풋한 사랑에 대한 고민을 듣다보니 갑자기 사랑에 대한 에세이가 쓰고 싶어졌어요. 그렇게 저는 노트북을 켜고 사랑에 대한 제 생각을 적어보기 시작했습니다. 사랑이 뭘까? 어떤 감정일까? 연애는 뭐지? 그럼 결혼은 어떻고? 나는 어떤 사랑을 했고, 또 하고 있을까? 그렇게 두서없이 적다보니, 다른 사람들의 생각이 궁금해지더라고요. 그래서 작정하고 물어보기 시작했습니다.

이 책에는 여러 사람들과 제가 나눈 사랑에 대한 대화가 담겨있어요. 인터뷰라고 했지만, 인터뷰보단 친한 사람들과 나누는 자연스러운 대화라고 하는게 더 맞을 것 같아요. 그래서 저는 이 책을 '인터뷰집'이라기보단 '에세이'로 정의해서 만들었어요. 제 주변의 소중한 사람들과 나눈 사랑 이야기를 제 생각과 함께 풀어본 에세이.

이 책을 펴 본 당신도 제가 여러 사람들과 나눈 대화들을 읽다보면, 당신이 생각하는 사랑에 대해서 더 깊이 생각할 수 있게 될 거예요. 그래서 묻고 싶어요. 당신은 지금 사랑하고 있나요? 그렇다면 어떤 사랑을 하고 있나요?

*이 책은 대부분 자연스러운 대화로 이루어져 있기 때문에
비문과 맞춤법에 맞지 않는 문장이 다수 있을 수 있습니다.

*이 책에는 경기천년바탕, 나눔고딕, 가나초콜릿 서체를
사용하였습니다.

Part 1.

나의 사랑, 나의 가족

가족과 나눈 사랑 이야기

어느 더운 여름날, 아빠의 생일을 축하하기 위해 우리 가족이 한자리에 모였다. 아빠, 엄마, 언니, 형부, 조카, 그리고 내 남편까지. 사랑에 대한 이야기로 머리가 가득했던 나는 가족들의 이야기가 너무 듣고 싶었다. 그래서 물어보았다. 우리 가족들이 생각하는 사랑에 대한 이야기를. 남편은 함께 이야기를 나누는 것이 민망하다며 조카를 데리고 방에 들어갔고, 그렇게 아빠, 엄마, 언니, 형부, 나 이렇게 다섯명이 거실에 둘러 앉아 사랑에 대한 이야기를 자유롭게 나누기 시작했다.

탈리타 자, 우리 가족들과 함께 제 책에 들어갈 사랑에 대한 이야기를 한번 나눠볼까 해요. 사랑에 대한 주제로 자유롭게 얘기 해봐요. 먼저 아빠부터~ 아빠는 지금 사랑하고 계시나요?

아빠 그럼! 사랑하고 있지~

탈리타 그렇죠, 이건 당연히 Yes! 여기서 No라고 대답하면 다음 질문으로 못 가요. (웃음) 그럼 아빠가 생각하는 사랑은 뭐예요?

아빠 배려!

탈리타 오, 배려! 좋다~ 그럼 그걸 감정으로 표현하면? 배려는 어떤 감정일까요?

아빠 편안함이 되겠네~

탈리타 아빠의 다섯 가지 사랑의 언어*가 궁금해요!

아빠 음~ 일단 인정의 말, 두 번째가 함께하는 시간, 그 다음에 봉사, 스킨십, 선물.

*우리 가족은 '사랑의 언어'에 대한 기초 지식이 있어서 인터뷰에서 먼저 설명하지 않아도 되었다. 이 책에서 나오는 '사랑의 언어'란 게리 채프먼 박사의 저서 『5가지 사랑의 언어』에서 가져온 개념으로 인정하는 말, 함께하는 시간, 선물, 봉사, 스킨십을 말한다.

탈리타 선물이 꼴찌네~ 그럼 이제 엄마 생각을 들어볼까요? 엄마는 사랑이 뭐라고 생각해요?

엄마 사랑은 행복한 것!

탈리타 왜 행복한거야?

엄마 같이 있어서 행복하지. 서로 예쁜 말만 주고 받으니까 행복하고.

아빠 싸우니까 행복하고~

탈리타 (다같이 웃음) 그렇지~ 사랑이 없으면 안 싸우지. 자, 그럼 엄마가 생각하는 사랑에 대한 정의 말고, 사랑이라는 감정을 어떤 감정으로 표현할 수 있을까요? 뭐, 행복함도 감정으로 볼 수 있는데…

엄마 그렇지, 즐거운 것, 기분 좋은 것…

탈리타 설레는 것?

엄마 글쎄~ 설레는건 좀…

탈리타 그렇지? 아빠는 아까 편안함이라고 했는데, 사랑의 감정은 편안하다.

엄마 기분 좋은 게 결국은, 편안한 거니까 기분이 좋은 거지. 불안한 상태에선 기분이 좋을 수 없지. (아빠를 흘깃 바라보며) 아까처럼 짜증 내면…

아빠 으흠, (고개를 돌린다.) 상대를 배려 해줘야지.

탈리타 아빠가 생각하는 사랑은 배려인데, 배려가 없었나요? 무슨 일이 있었던 거야~

엄마 아니, 이게 예를 들자면, 아까 트렁크를 열어야 되는데, 트렁크가 안 열리는거야. 나도 순간 당황했지. 뒤에서 차는 기다리고 있는데, 이게 왜 안 열리는 거야. 이게 차 기어가 파킹에 있어야지만 트렁크가 열리는 건데, 내가 그걸 자꾸 잊어버리는 거야.

탈리타 아, 그래? 난 아예 몰랐어.

아빠 아니, 그걸 왜 잊어버려.

엄마 몇 번을 해도 그게 당황하면 잊어버릴 수 있어요.

아빠 아니, 사랑을 한다면 배려를 해서 한번 얘기한 건 잘 기억해야지 말이야.

엄마 이거 억지네, 억지야~ (두분이서 티격태격한다.)

형부 이거 분리해서 인터뷰 진행해야 하는 거 아니야?

탈리타 음, 그러게요 (웃음) 이거 따로 했어야 하나. 자, 엄마 아빠한테 있었던 해프닝은 일단 뒤로하고, 엄마도 사랑의 다섯 가지 언어 한번 해봅시다. 순서대로 해보세요.

엄마 나는 1번이 같이 있는 시간. 시간을 보내는 게 나는 중요해. 그리고 서로의 말투, 인정하는 말이 중요하지. 그리고 봉사가 필요하지.

탈리타 그러네~ 엄마 아빠가 사랑의 언어는 겹쳐. 다음으로 선물이랑 스킨십 중에는?

엄마 선물이 우선이지~

탈리타 여기서 좀 다르네, 아빠는 선물이 꼴찌인데.

엄마 나는 스킨십이 꼴찌. 스킨십 필요 없어.
(다같이 웃음)

탈리타 이거 재미있네. 맞아. 엄마는 스킨십 별로 안 좋아해. 그런데 나는 왜 이렇게 좋아해? 막 달라붙고, 앵기고, 비비고~

엄마 아빠 딸이니까 그렇지.

언니 난 스킨십 별로 안 좋아해.

엄마 재는 엄마 딸이고. (다같이 웃음)

탈리타 자, 그럼 이제 제가 만든 사랑에 대한 밸런스 게임을 다같이 해봅시다. 둘 중에 하나를 빠르게 고르는 거예요. 여기 있는 사람들은 다 결혼했으니까, 섬세한 배우자 vs. 무던한 배우자? 골라봅시다. 하나, 둘, 셋!

엄마 무던한!

아빠 난 섬세한.

형부 아, 어렵네~

탈리타 어려워서 밸런스 게임이예요. (웃음)

형부 그래도 섬세한.

언니 난 무던한.

탈리타 그럼 다음으로 내가 좋아하는 사람 vs. 나를 좋아해 주는 사람! 우리는 물론 다 결혼을 하긴 했지만, 그냥 옛날에 어땠는지 생각해도 되고요.

엄마 내가 좋아하는 사람.

아빠 나를 좋아해주는 사람.

형부 나를 좋아해주는 사람.

언니 나를 좋아해주는 사람. 그러니까 이제, 내 남편이랑 나는 둘 다 다 '나를 좋아해죠~' 이러고 있는 거야. (웃음)

탈리타 아, 이 질문들이 다 너무 결혼한 사람들한테는 잘 안 맞네. 내가 써놓은 거지만. 그럼 이거요. 첫눈에 반하는 사랑 vs. 오래 보면서 빠지는 사랑?! 하나, 둘, 셋!

언니 난 오래.

엄마 나도 오래, 볼수록 이사람 괜찮네 하는 그런거.

형부 나도 오래!

아빠 나는 첫눈에.

탈리타 아, 아빠는 엄마한테 첫눈에 반했구나?

아빠 맞지! (다같이 웃음) 선보러 간다는 사람을 내가 차표 끊어줬다니까, 선보고 다시 오라고. 몰랐구나.

탈리타 들은 거 같아.

아빠 그래, 내가 그때 선보러 부산으로 내려간다는 사람을 만나가지고 서울역까지 가서 차표를 끊어줬어.

탈리타 첫눈에 반해서?

아빠 응, 한번 만나고!

엄마 이게 설명이 필요해. 그때 왜 그랬냐 하면 내가 이제 아빠를 왜 만나게 됐냐 하면, 나는 그때 서울 생활을 완전히 접고 부산으로 내려가려고 했어. 아버지가 부산에서 좋은 사람 있으니까 내려와서 선보고 결혼해라 했지. 뭐, 나도 나이가 찼으니까 결혼을 해야 된다고 생각하는 중이었기 때문에 배우자에 대한 기도도 하고 있었고, 그래서 내려가야 되나 보다 했지.

탈리타 오호, 그랬는데?

엄마 아버지의 말씀에 순종하고 내려가려고 했는데, 그때 이제 우리 교회 같이 다니던 아빠의 친구가 꼭 소개해 주고 싶은 사람이 있다고 하는 거야. 그래서 내가 늦었어요, 저 내려갈 거예요. 그랬더니 그분이 꼭 만나보고 내려가라고 했고, 거기에다가 또 오빠도 거들었어.

탈리타 그러니까 외삼촌이?

엄마 그렇지. 외삼촌이 한번 만나봐라 했지. 나는 진짜 안 보려고 했는데, 그 아빠 친구분이 진짜 괜찮은 사람이라고 만나 보고 내려가라고 막 그래서 내가 그럼 만나만 보겠습니다. 이렇게 돼가지고 진짜 아무런 기대도 없이 나는 그냥 만났을 뿐이고!

탈리타 그런데 아빠는 첫눈에 반했을 뿐이고!

아빠 엄마가 토요일에 내려간다고 했는데, 우리가 목요일에 만난 거야. 그때 명동에 신세계 백화점 앞에, 그때만 해도 다방이지.

엄마 그치, 카페가 어디있어.

아빠 만났는데, 만나서 거기서 차 한 잔 마시고 또 오므라이스를 먹으러 갔어.

탈리타 오, 오므라이스까지 기억나요?

아빠 그래서 이제 먹고 헤어졌는데, 그때는 핸드폰도 없고 연락할 방법이 없었지.

엄마 그땐 삐삐도 없었지.

아빠 그때는 지내는 주인 집한테 연락해서 주인 집이 바꿔줘야 통화할 수 있는 그런 시절이었지. 그런데 우리가 목요일에 만났으니까, 금요일이 되었는데 얼굴이 기억이 안 나는 거야. 그래서 한 번 더 봐야겠다. 그 첫눈에 반했으니까 그래서 좋다는 것만 기억이 나고 얼굴이 기억이 안 나니까.

탈리타 오, 한 번 더 봐야겠다.

아빠 그래서 이제 토요일에 내려간다고 하니까, 아빠가 서울 시내에서 출장을 다닐 때잖아. 그래서 차를 타고 가는데, 근처에 서울역이래. 그래서 여기 잠깐 들려야겠다 하고 가서 차표를 끊어줘야겠다 했지. 그러고 전화를 했지, 그때는 직장으로.

탈리타 오, 직장번호를 알았어요?

아빠 응응. 하여튼 어떻게 알았는지는 기억 안 나지만, 그걸로 전화를 해서 내일 몇 시쯤 내려갈 거냐 내가 그때 표를 끊어 주겠다. 그러면서 한 번 더 보자고 했지. 그래서 토요일에 만났지. 표만 딱 주긴 그러니까 다방에 가서 차 한잔하고 있는데, 엄마가 다음 주 화요일에 마중을 나올 수가 있냐는 거야. (모두들 "올~~~")

탈리타　오~ 아예 내려간다면서 화요일에 마중 나오래~

아빠　그때는 마중 오려면 진짜 미리 시간을 딱 정해놔야 되거든. 서로 연락할 방법이 없으니까.

탈리타　그래서, 만났어?

아빠　화요일에 만났지.

엄마　그래, 아까 내가 얘기하다가 중간에 빠진 게 좀 있는데.

탈리타　말해줘요. 이거 재미있어서, 책에 엄마 아빠 러브 스토리 실을래.

엄마　내가 그때 배우자를 위해서 기도하고 있었던 게, 아브라함이 이삭의 배우자를 구하기 위해서 자기 종을 보냈잖아. 그래서 그 종이 가면서 주님께 예비하신 배우자가 누군지 부족한 종이 알지 못하니, 우물에서 나에게 물을 주는 여자가 그 짝인 줄 알겠다고 그렇게 기도를 했고, 그렇게 이제 리브가를 만났잖아. 그래서 나도 거기서 힌트를 얻었지.

탈리타　우와, 그래서요?

엄마　내가 그전에도 선을 몇 번 보긴 봤어. 근데 이게 잘 안 맞더라고. 근데 하나님께서 예비해두신 사람인데, 내가 인간적인 잣대로 봐서 아니라고 거부할 수도 있는 거고 그러니까. 내가 기도하기를, 지금부터 내가 만나는, 제일 처음 만나는 사람이 하나님이 보내주신 배우자로 알겠다. 이렇게 기도를 했어. 그래서 내가 부산으로 내려가면 이제 그 사람이겠구나 생각을 하고 나는 그렇게 마음 정리를 하고 있는 중이었거든.

탈리타　근데 그 중간에 아빠를 만났구나!

엄마　그렇지, 그래서 내가 내려가기 전에 안 만나려고 했던 거지. 근데 이제 그렇게 강경하게 꼭 만나보라고 부탁하니까. 그렇게 된 거야.

탈리타　아빠가 새치기했네!

엄마　그러니까. 근데 아빠를 봤는데 키도 작고, 내가 기도하던 내용이랑은 하나도 안 맞았어.

탈리타　엄마는 키가 크니까.

엄마　그니까, 키도 작고. 또 내 이상형은 찬양을 잘하는 사람이었는데~

탈리타 왜, 아빠 찬양 잘하잖아.

엄마 음, 잘하지, 근데 박자가 안 맞지. (다같이 웃음) 그리고 내가 기도하던 중요하던 게 차남, 장남 말고! 근데 아빠는 장남이지, 뭐가 맞는 게 있어야 말이지.

탈리타 재미있네.

엄마 그리 됐어요.

아빠 아빠는 기도하던 게 믿음의 집안이라는 게 있었지. 아빠가 우리 집안의 첫 신앙이니까, 배우자는 장로님 딸이었으면 좋겠다 했는데, 딱 맞는거지.

엄마 그러니까 이제 아빠의 기도를 들어주기 위해서 우리 하나님께서 나를 그냥 희생 시키신 거지. (다같이 웃음)

결혼 9년 차, 너는 내 운명?

나는 벌써 결혼 9년 차 유부녀다. 연애까지 합치면 이 사람과 12년이 넘는 시간을 함께 했는데, 한 번도 진지하게 '사랑'을 주제로 대화해 본 적이 없다. 그래서 책 제작을 핑계로 남편에게 시간을 내어 달라고 부탁했다.

탈리타 안녕하세요. 간단하게 자기소개부터 할까요?

남편 저는 얘 남편이요.

탈리타 네, 제 남편입니다. (웃음) 제 남편의 사랑에 대한 생각을 들어보려고요. 인터뷰 1번 질문은 항상 이렇게 시작해요. 지금 당신은 사랑하고 있나요?

남편 네!

탈리타 오, 자신 있게 대답하셨는데, 그렇다면 사랑이 무엇이라고 생각하길래 사랑을 하고 있다고 대답하신 걸까요?

남편 그 사람이랑 늘 함께 하고 싶은 거요.

탈리타 그러면 늘 함께 하는 것이 사랑인가요?

남편 아니요. 함께 하고 싶은 마음이요.

탈리타 아, 늘 함께 하고 싶은 마음이 사랑이다. 그러면 당신이 생각하는 사랑은 함께 하고 싶은 마음인데, 그걸 감정으로 표현한다면 어떤 단어로 표현할 수 있을까요?

남편 귀여워요.

탈리타 귀엽다. 귀여움이 감정인가요?

남편 네.

탈리타 (웃음) 파워 당당이네요.

남편 귀여움을 느낀다. 이거 사랑 표현이죠.

탈리타 그럴 수 있겠네요. 그럼 당신은 사랑을 생각했을 때 그게 감정 단어든 아니든 귀여움이 상당히 중요한 것 같아요. 왜 그럴까요?

남편 그냥 사랑하면 귀여워져요.

탈리타 사랑을 하면 그 사람이 귀여워진다. 이게 아주 좋은 포인트 같네요. 그럼 그 사람이 귀여워서 사랑을 하는 거예요? 사랑을 해서 귀여운 거예요?

남편 사랑해서 귀여운 거죠.

탈리타 그럼 사랑을 하면 행복한 기억이 먼저 떠오르시나요? 아니면 슬프거나 아픈 감정이 떠오르시나요?

남편 행복한 거요.

탈리타 그러면 행복한 기억에 대해 나눠주실 수 있나요?

남편 안겨서 잘 때요.

탈리타 아, 그렇죠. 그때 행복하죠.

남편 사랑하는 사람이랑만 할 수 있는 거죠.

탈리타 그러면 당신에게 가장 기억에 남는 사랑 에피소드가 있을까요? 사랑과 관련된 스토리를 하나 나눠 주세요.

남편 에피소드는 딱히 모르겠어요. 그냥 넘어갈래.

탈리타 알겠어. 그럼 다음 질문이 중요한데, 솔직하게 대답해 줬으면 좋겠어요. 당신은 평생 한 사람만 사랑할 수 있다고 생각하시나요?

남편 네.

탈리타 어떻게?

남편 왜냐면 그 사람이 나고 내가 그 사람이니까요.

탈리타 그럼 그 사람이 나면, 평생 사랑하는 거예요? 변하지 않을 수 있어요?

남편 평생 사랑해요.

탈리타 아니, 이유를 설명해 줘야지.

남편 사랑에 이유가 있어야 되나요.

탈리타 아, 멋있네요. (웃음)

남편 사랑 자체가 이유예요. 평생. 배려하고 사랑하니까 참고 사랑하고 살고, 사랑하니까 막 안고 자고, 사랑하니까 그러는 거죠. 뭘 해서 사랑하는 게 아니라.

탈리타 네, 알겠어요. 멋있네~ 그러면 다음 질문은 다섯 가지 사랑의 언어에 대한 거예요. 우리 이거 옛날에 해봤는데, 다시 한번 생각을 해봅시다. 인정하는 말, 봉사, 함께하는 시간, 스킨십, 선물. 이것 중에 당신이 사랑을 표현하는 방식이나 아니면 내가 이걸 받았을 때 사랑받는다고 느낀다는 순위를 매겨볼까요?

남편 봉사!

탈리타 봉사가 1번이네. 그렇지. 여보의 사랑의 언어는 봉사지.

남편 2번은 인정하는 말, 3번은 선물, 4번은 함께하는 시간, 마지막이 스킨십이에요.

탈리타 그렇네. 내가 이 사랑에 언어에 대한 이야기를 하는 이유는 우리 둘의 사랑의 언어가 맞아야 되잖아요. 그래서 서로의 사랑의 언어를 아는 게 되게 중요한데, 그럼 여보는 저의 사랑의 언어 순위를 알고 있나요?

남편 스킨십! 1번이 스킨십.

탈리타 (웃음) 땡!

남편 함께하는 시간? 봉사?

탈리타 땡!! 아니 이걸 못 맞추네.

남편 나머지가 뭐였지?

탈리타 인정하는 말이요.

남편 아… 그럼 2번은?

탈리타 2번이 함께하는 시간. 3번이 스킨십이야.

남편 봉사는?

탈리타 나는 봉사가 4번째, 선물이 마지막. 난 선물 별로 중요하지 않잖아.

남편이 내 사랑의 언어를 한번에 맞추지 못한건 솔직히 좀 섭섭했다. 나는 남편의 사랑의 언어가 봉사라는 것을 알고 있었는데. 모를 수도 있지. 그렇지만, 그래서 이런 대화가 필요했다고 생각한다. 10년을 넘게 알고 함께 했어도 얘기하지 않으면 모르는 거다. 어쨌든 남편과의 짧은 인터뷰는 유익했다.

귀여움에 대해서

"귀여움이 세상을 구한다"라는 말이 있다. 우린 귀여운 것들에 열광한다. 커여워, 귀여워서 기절, 심장 폭행, 지구 뿌셔 등 우리가 귀여운 것들에 반응하는 용어들은 점점 더 과격해지는 것 같기도 하다.

우리는 귀여운 것을 보면 자연스럽게 사랑을 느끼게 되고, 그래서 우린 귀여운 것들을 보며 "사랑스럽다"라고 얘기한다. 이런 점에서 보면 사랑과 귀여움은 어떤 관계에 있을까?

심리학을 공부하면서 배운 건데, 아기들은 태어나자마자 본능적으로 사랑 받기 위해, 그래서 부모로부터 보살핌을 받을 수 있도록 '귀엽게' 행동한다고 한다. 이것이 생존을 위한 사람의 본능이라고 한다. 생각해보면 정말 그런 것 같다. 세상의 모든 아기들은 정말 귀엽고 사랑스럽다. 그렇게 귀여운 것이 생존을 위해 그렇다는 부분이 정말 신기하면서 재미있다는 생각이 든다.

사랑과 귀여움의 관계를 이렇게 생각해보는 이유는 요즘 내가 느끼는 사랑이 귀여움과 제일 연관이 있기 때문이다. 우린 결혼 9년차가 되었는데도 여전히 매일 서로에게 귀엽다는 말을 매일 5번은 넘게 하는 것 같다. 정말 하루도 빠지지 않고 서로의 얼굴을 보면 귀엽다고 한다. 카톡 메시지의 말투를 봐도 귀엽다. 사용하는 이모티콘들도 그저 귀엽기만 하다. 남편만 나를 귀여워하는 것이 아니고, 나도 남편이 너무 귀엽다. 남편이 나를 바라보는 눈빛은 이 사람이 정말 나를 '귀여워'하는 구나 라는 걸 느낄수 밖에 없게 한다. 그리고 난 이게 사랑임을 느낀다.

사랑의 감정은 정말 여러가지로 표현되고 느껴지는데, 그 여러가지 중에 귀여움이 있다. 귀여움을 통해 느끼는 사랑의 감정은 꽤 오래가며 강력하다. 귀여운 존재가 하는 행동은 뭐든 용서가 된다. 그리고 귀여운 존재는 계속해서 보고싶고, 질리지 않는다.

그래서일까, 요즘 나는 남편과 이렇게 서로를 귀여워 하는 것이 참 좋다. 행복하다. 이렇게 10년, 30년, 50년, 나이가 들어서도 서로를 계속 귀여워 할 수 있을까? 서로가

서로에게 귀여운 존재로 계속 남아있길 간절히 바라며,
오늘도 나는 남편에게 귀여운 '척' 노력을 해야겠다.

Part 2.

슬픈 사랑, 짝사랑?

다양한 사랑을 말하다, 유보

이 책을 준비하면서 처음부터 유보 작가님은 꼭 만나봐야지라고 생각했다. 2023년 작가님의 신작 『애정재단』을 읽은지 얼마 안된 시점이어서, 사랑에 대한 작가님의 생각이 참 흥미로웠고, 더 궁금해졌기 때문이다. 책을 읽으면서 내가 느낀 작가님의 사랑에 대한 인상은 '넓다'였다. 그래서 좋았다. 어디에 갇혀있지 않은 사랑. 그 사랑에 대해 더 듣고 싶었고, 그렇게 우린 수원의 독립책방, '오평' 창가 자리에 앉아 대화를 시작했다.

탈리타 안녕하세요! 이렇게 인터뷰에 응해주셔서 정말 감사드려요. 어색하죠. (웃음) 제가 작가님의 『애정재단』을 읽고 작가님은 꼭 인터뷰하고 싶었거든요. 그럼 제일 먼저 간단하게 자기소개해 주실 수 있을까요?

유보 저는 독립출판에서 유보라는 필명으로 활동을 하고 있어요. 최근에 나온 책으로는 『애정재단』이라는 에세이집이 있고, 그 외에 시집 한 권이랑 또 다른 첫 에세이집이 있습니다. (하하) 진짜 어색하네요.

탈리타 그죠, 어색하니까 그럼 바로 첫 질문으로 가서, 제가 항상 시작할 때 묻는 질문이에요. 유보 작가님은 지금, 사랑을 하고 계시나요?

유보 그럼요. 살면서 사랑하지 않은 적은 한 번도 없는 것 같습니다.

탈리타 오, 살면서 단 한 번도 사랑하지 않은 적이 없다니! 그럼 사랑을 뭐라고 생각하시기에 한 번도 사랑하지 않은 적이 없다고 대답하신 걸까요?

유보 사랑, 사랑? 사랑이 무엇인지 딱 이렇게 말하긴 쉽지 않지만, 사랑은 저에게 기억 같아요. 기억, 아니면 흔적?

탈리타 기억? 무슨 뜻인가요?

유보 있다가 사라졌을 때도 남아있는 게 흔적이잖아요. 물리적으로 눈앞에 내가 사랑한다고 여긴 것이 사라졌을 때도 그냥 내가 계속 기억하고, 그 흔적을 확인할 수 있고, 기억으로 불러낼 수 있다면, 끝나지 않는 것 같은 느낌이에요.

탈리타 오호.

유보 제가 사랑하지 않은 적이 없다고 말하는 것도 생각해 보면 누구나 어렸을 때부터, 그게 사랑이라고 알기 전부터 항상 사랑하는 것이나 대상이 있다고 생각하거든요. 예를 들면, 제가 어릴 때 그림 그리는 것을 좋아했어요. 그러면 그 시절 그것이 나의 사랑의 대상인 거고. 그렇지 않고서는 살 수가 없지 않나 싶어요.

탈리타 맞아요. 저도 공감 가는 부분이 있어요. 누구나 항상 사랑을 하고 살고 있지 않나. 어쨌든, 제가 유보 작가님 책을 읽어봐서도 알지만, 작가님이 생각하는 사랑은 되게 넓은 것 같아요.

유보 네, 그렇죠.

탈리타 사랑이 흔적이라고 얘기하신 것처럼 우리가 흔히

말하는 이성 간의 사랑에 대해서만 다루지 않고, 이성이 아니라 그냥 어떤 사람 간의 사랑, 아니 사람이 아니더라도. 아까 그림을 그리는 것도 사랑의 대상이라고 생각할 수 있다는 거죠?

유보 맞아요. 지금 말씀을 들으면서 즉각적으로 떠오른 건데, 제 감정이 너무 중요해서 그런 것 같아요. 그러니까 내가 어떤 것을 사랑이라고 여기면 그냥 그게 사랑이라고 믿고 저는 그런 것 같아요. 이게 꼭 어떤 대상이나, 예를 들면 그게 인간이라고 했을 때도 꼭 우리가 둘이 쌍방이어야만 사랑의 확립이라고 여기지는 않는 것 같아요. 그래서 오히려 그런 연애관계로 좁혀질 수 있는 사랑보다 제가 더 많은 사랑 이야기를 하는 이유는 내가 어떤 것을 사랑이라고 느끼는지가 저한테는 더 중요해서 그런 것 같아요.

탈리타 상호 관계가 아니어도 된다!

유보 그렇죠. 상호적인 것보다 어떻게 보면 조금 이기적일 수도 있고, 어떻게 보면 그거는 네 생각이잖아, 라고 반문을 받을 수도 있겠지만, 그냥 어쨌든 제가 얘기하는 사랑이라면, 그런 것 같아요. 있잖아요. 가장 단순하게도 우리가 짝사랑도 사랑이라고 얘기하는 것처럼, 그냥 어떠한 대상을 두고 어떠한 마음이 들었을 때 그게 사랑이라면 저는 그

것도 의심 없이 사랑이라고 제 안에서 정의 내리는 것 같아요. 이것도 사랑, 저것도 사랑, 그러니까 저한테는 뭔가 더 다른 사람들이 보기에 넓어 보이는 게 있어요.

탈리타 저도 고민이 들어요. 이게 하나로 정의 내릴 수 없으니까요. 그래서 저도 더 궁금한 것 같아요.

유보 그러니까 내가 느끼는 그 자체가 사랑인데, 상호적이지 않아도 내가 어떤 상대에 대해서 뭔가 흔적이 남아있고 그 사람이 떠나가도 계속 생각나고 기억되고 이런 것이 사랑인데…

탈리타 '느끼는'이라는 표현을 쓰셨는데, 그러니까 결국 느낀다는 것은 우리의 감정이잖아요. 그걸 어떤 단어로 표현할 수 있을 것 같아요? 감정을 표현하는 여러 감정 단어들이 있잖아요. 감정 단어들 중에서 단순하게도 괜찮고.

유보 지금 떠오르는 단어는 슬픔인데, 슬픔. 제가 쓰는 글에서도 그렇고 그냥 제가 자주 뱉는 말인 것 같아요. 슬프다는 감정이 근데 우리가 막 즉각적으로 눈물 나게 하는 감정이라고 여길 수도 있긴 한데, 저는 뭔가 되게 아름다운 문학 작품을 봐도 좀 슬퍼지는 것 같고, 예를 들어 어디 낯선 곳에 가서 아주 아름다운 풍경을 봐도 그 마음이 약간 슬퍼요.

탈리타 이거 좀 어렵다.

유보 제가 그래서 영화 『인사이드 아웃』에서 슬픔이를 너무 좋아해서 인형도 샀어요. (웃음) 그러니까 저한테는 슬픔이라는 감정이 정말 중요한 감정 같아요. 좀 자유롭게 슬픈 감정을 좋아하는 것 같아요.

탈리타 사랑을 해도 그렇다는거죠?

유보 사랑을 하면 당연히 너무 기쁘고 신나고 행복하고 즐겁고 충만하고 이런 것들이 다 있긴 하지만, 저는 결과적으로 그게 뭔가 애틋함일 수도 있고, 사라지는 것에 대한 두려움일 수도 있고, 이런 복합적인 감정을 설명할 수 없을 때 저는 슬프다고 표현을 하는 것 같아요.

탈리타 뭔가 좀 복합적인 감정이네요.

유보 뭔가 그냥 너무 좋으면 아릿아릿한 그런 마음이 들어요.

탈리타 아릿아릿? 뭔가 말로 설명할 수 없지만 저도 느껴지는 것 같아요.

유보 코 끝이 찡해지는 그런 느낌인 거죠.

탈리타 그러면 이게 바로 다음 질문이랑도 연결이 돼요. 사랑이라는 단어를 생각하면 먼저 떠오르는 것이 행복인지 아픔인지. 근데 앞에서 대답한 것을 보면 좀 아픈 기억이 먼저 떠오르시는 걸까요?

유보 좀 어려운 것 같아요. 저라는 사람 자체가 양 극을 두고 선택하라는 것을 잘 못하기 때문에 항상 아픈 것과 행복한 것 사이에 있을 것 같고. 그리고 저는 사실 행복해도 슬프거든요. 돌이켜보면 뭔가 사랑이 얽혀있는 아픈 기억을 떠올렸을 때 저는 그게 아프기만 하면 그건 사랑이 아니었다고 생각하는 편이에요. 사랑이고 싶었겠지. 근데 돌이켜 봤을 때 그래도 이게 행복한 구석이 있어야 그 시절에 사랑했던 게 맞는 것 같아요.

탈리타 그러니까 아픈 기억이 떠오르기도 하지만 사실 그 순간에도 행복하기도 했었고, 그러니까 유보 작가님은 사랑 안에서 공존하는 뭔가를 얘기해 주시는 것 같아요.

유보 그렇죠. 행복과 아픔. 행복했던 기억이라고 하면 예를 들어 제가 책에도 썼는데, 저는 격렬하게 덕질을 하는 사람인데 덕질 하는 과정 속에서 당연히 아픈 기억도 있거든요. 근데 제가 덕질하는 걔가 사회면에 기사가 나면 가슴이 무너지죠. (웃음) 우리 집에 그사람 얼굴이 몇 개인데, 사회면에 오르고 막 사람들 입에 오르내리면 너무 슬프죠.

탈리타 (웃음) 아~ 너무 웃프다.

유보 그리고 실제로 제가 사랑하는 가수가 세상을 떠난 적도 있어요. 비록 그 사람을 실제로 더 이상 볼 수 없어서 나에게는 너무 아픈 마음이 들게 하는 사람이지만, 시간이 지난 후에는 제가 앞에 얘기 한 것처럼 기억이나 흔적들을 가지고 저는 그 사람을 계속 사랑할 수 있고, 그 사람이 계속 저와 공존하고 있다고 생각하기 때문에, 이렇게 보면 뭔가 아프긴 하지만 아프기만 한 건 사랑이 아닌 것 같아요. 그래서 제가 뭔가 연인 관계에 대한 얘기를 크게 할 수 없는 것 같아요. 이건 제가 사랑이라고 여기는 것에 비해 너무 짧게 지나가고 끝나버리는 관계들인 것 같아서.

탈리타 맞아요. 사실 저도 사랑에 대한 얘기를 막 고민할 때마다 연인 관계에만, 혹은 이제 결혼에 대한 얘기도 하지만, 그거에만 가둬놓기에 사랑은 너무 큰 거 아닌가 해요.

유보 또 반려견도 약간 비슷한 것 같아요.

탈리타 책에 반려견 이야기도 있죠!

유보 그러니까 그 친구들을 강아지별로 떠나보낸 거는 너무나 나에게 충격적이기도 하고 그 당시에 너무 힘들고 아팠던 기억이기도 하지만 저는 그 아이가 있었기 때문에 지금의 아이를 만나서 뭔가… 사실 이거에 대해서는 저도 아직 판단이 안 서는데, 이게 옳은 마음인지 모르겠는데, 어쨌든 제가 과거에 떠나보낸 그 친구한테 해주지 못했다고 생각하는 것이나 해주고 싶었는데, 하지 못했던 것들을 지금 친구한테 좀 더 신경을 쓰면서 하니까. 제가 그전 아이에게 배웠던 사랑을 지금 아이에게 줄 수 있는게 되게 마음이 아려요.

탈리타 그러니까 떠나간 아이한테 배운 것을 지금 아이에게 해주고 있다는 얘기를 딱 들었을 때 저는 어떤 생각이 들었냐면, 지금 강아지 별에 있는 그 아이가 되게 좋아할 것 같아요.

유보 그랬으면 좋겠는데, 그런 것도 있는 것 같아요. 분명히 지금 나는 걔를 볼 수 없지만, 걔는 어딘가에서 나를 보고 있을 것 같고, 어떤 형태로든 이 세계에 남아 있을 것 같은데, 이 세계와 연결이 끊어지지 않았을 것 같은데, 그럼 걔가 내 마음 좀 헤아려줬으면 좋겠다는 것도 있는 것 같아요. 시절이 너무 변해서, 그 당시에는 몰랐던 게 너무 많았으니까. 반려견에 대한 인식 자체가 바뀐지 얼마 안 됐잖아요.

탈리타 그렇죠. 그러니까 지금 되게 아픈 기억과 결국은 공존하는 그런 행복한 기억, 그리고 그때의 아픈 기억 때문에 지금의 아이에게 또 더 잘해줄 수 있는 부분을 생각할 수 있게 된 것 같아요.

유보 이게 다 연결되는 것 같아요. 약간 덕질도 마찬가지로 그전에 겪은 것들을 이번 덕질 대상에게 녹여내고. 그러니까 제가 사랑을 얘기할 때 제 감정이 제일 중요하다고 느끼는 것도 내가 하는 사랑의 주체는 '나'이기 때문에 사랑하는 대상이 바뀌는 걸 수도 있고, 축적되는 걸 수도 있고, 그렇게 생각했을 때, 제가 사랑이라고 여기는 그 감정과 마음은 이렇게 넓어지는 것 같아요.

탈리타 축적이라, 흔적이 쌓이는 느낌의 사랑이네요.

유보 제가 민달팽이 책에서도 비슷한 얘기를 했었는데, 제가 사랑을 액체에 비유하는 거를 좋아하거든요. 사랑이 끝나는 게 아니라, 이 사람이랑의 사랑이 끝나고 그다음 사람으로 연결되고. 결국 저라는 병 안에 채워지면서 물이 차오르는 느낌에 더 가까운 것 같아요.

사랑을 액체에 비유한다면,
빨간색 물의 사랑이 끝나면,
파란색 물의 사랑이 들어오고,
'나'라는 병 안에 그 두 액체가 섞이고,
결국 알록달록한 물로 차오르겠죠.

탈리타 오, 물병 안에 다른 색깔들이 채워지는 모습이 그려지네요. 액체가 쌓여가면서 결국은 그게 섞여서 또 다른 색깔이 될 수도 있고.

유보 그러니까 결과적으로 저는 약간 사랑을 하지 않은 적이 없다고는 하지만 뭔가 평생 계속 짝사랑하고 있는 것 같네요.

탈리타 근데 작가님의 그 짝사랑은 어떻게 보면 막 애달프고 그런 느낌이라기보단 약간 즐기는 것 같은 느낌 아닌가요?

유보 사랑이 많으면 좋잖아요~ (웃음)

탈리타 (웃음) 좋네요! 그러면 가장 기억에 남는 유보 작가님의 사랑 스토리, 이야기 하나 들려주세요.

유보 이게 카테고리가 너무 많은데…

탈리타 카테고리 제한 두지 않을게요.

유보 그럼 제 생각에 제가 해본 사랑 중에 가장 미친 사랑은 역시 덕질인 것 같아요. 그거는 정말 체력과 노동력, 시간, 돈을 다 써서 하는 사랑이기 때문이죠.

탈리타 크, 덕질하면 유보님이죠! (웃음)

유보 예를 들면 제가 중학생 시절에는 그런 게 있었어요. 인터넷 카페에 이 공연 선착순 몇백 명 들어갈 수 있다. 이런 게 올라오면 완전 재빨리 댓글을 달아서 200명 안에 들어가는 거죠. 근데 그 200명 안에서도 끝이 아니야. 자리 싸움을 하기 위해서 몇 시까지 어디에 가야 하는 게 있어요. 저녁 6시 공연인데 아침 7시부터 거기 가있던 적도 있고요.

탈리타 대단하네요!

유보 하루는 기억이 나는 게, 엄청 한파에다가 눈까지 쌓였는데, 야외 공연이었거든요. 하루 종일 밖에서 줄 서서, 추위에 덜덜 떨면서도 공연을 봤죠. 근데 그때 공연 보러 갔던 걔는 결국 사회 면에 나오고 (웃음) 그런 적도 있었고, 해외 공연만을 위해서 비행기 타고 가고, 직장인 시절이었는데 어떻게 어떻게 조절을 해서 2박 3일 일본 가서 공연 두 개 보고 돌아온 적도 있었고, 그때의 시간과 돈을 생각해 보면 그건 정말 미친 사람이 아니면 할 수 없다. 근데 단 한 번도 후회 한 적은 없어요.

탈리타 와, 대박이에요.

유보 그냥 그사람을 좋아하는 이유가 약간 인간 누구누

구를 좋아한다기보다는 직업의 정체성을 지닌 상태의 걔를 좋아하는 거지. 사실 1:1로 인간 대 인간으로 만난다고 생각했을 때 제가 그렇게까지 사랑할까요? 그 사람의 퍼포먼스라고 해야 하나? 그런 걸 좋아하는 거고, 걔가 뿜어주는 긍정적인 에너지를 좋아하는 거니까. 걔도 사람인데, 흠이 있을 거고, 1:1로는 오히려 알고 싶지 않은 것도 있어요. 이렇게 말하고 보니 저는 환상만 좋아하는 사람 같네요. (웃음)

탈리타 덕질에 대한 재미있는 사랑 스토리네요!

유보 음, 또 뭐 없나, 조금은 결이 다를 수 있긴 한데.

탈리타 하나 더 얘기해 주셔도 돼요!

유보 제가 고등학교 때부터 23살까지 거의 10년 가까이, 아 그럼 고등학교가 아니라 중학교 때부터였구나. 단짝인 친구가 있었어요. 20대 초반에 걔도 저도 되게 인생에서 힘들었던 시기에 같이 집 구해서 살 정도로, 룸메이트로 살아도 큰 트러블이 없을 정도로 되게 각별했던 그런 친구가 있어요.

탈리타 오, 친구!

유보 가끔 그런 생각을 해요. 사실은 나는 그 친구를

사랑하지 않았을까. 근데 이게 좀 복잡한 거긴 한데, 이게 정확하게 내가 누군가 타인을 사랑한다고 했을 때 사랑에도 여러 종류가 있으니까. 단순하게 남자만 사랑한다, 여자도 사랑한다 이렇게 성별로 구분 짓는 것 자체가 좀 모호해지는 관계들이 있는 것 같아요.

탈리타 그러니까 타인의 성별이나 내 성별이 크게 중요하지 않고, 내가 그를 너무 사랑하는 경우인 거죠.

유보 저희는 진짜 되게 포악하고 험난한 시절을 너무 오래 함께 보냈고, 그 시절에 의지도 많이 했죠. 변하지 않을 줄 알았지만 모든 것은 변하고 그 친구랑 그래서 지금 관계가 나쁜 건 아닌데, 그 시절의 관계로 돌아갈 수는 없고, 각자의 삶이 생겼고, 물리적인 거리도 있고 그러다 보니까 예전만큼의 애정이 이제는 없는 것 같아요.

탈리타 와, 친구 이상이네요.

유보 그래서 가끔 그 친구를 떠올리면 우리가 서로에게 해줬던 것들은 사랑이 아니면 불가능한 것들이구나 생각을 해요. 서로 유학생이었고, 한국에 돌아와서도 가족들과 떨어져 살았기 때문에 가족이 해줄 수 있는 것을 해줬고, 어떠한 존재에게 가장 가까이에서 해줄 수 있는 모든 것을 해주면서 그 친구랑 7~10년 정도 지냈거든요.

탈리타 정말 그런 관계가 어쩌면 사랑이라는 단어로 표현할 수 있는 관계가 아닐까. 저도 그렇게 생각해요.

유보 근데 너무나 당연하게 그런 걸 우정으로만, 물론 우정이 나쁘다는 건 아닌데, 뭔가 우리가 자꾸 언어를 사용하면서 그걸 너무 카테고리화 해버려서 내가 이걸 사랑이라고 표현하는 것이 좀 이상해지는 것 같은 느낌이 들 때가 있잖아요. 약간 그런 것들로부터 자유로워지고 싶어서 『애정재단』을 쓴 것 같기도 해요.

탈리타 그죠.

유보 그 친구가 갑자기 생각났어요. 어떤 계기가 있었던 건 아닌데, 어른으로 성장하면서 결이 달라져서 자연스럽게 멀어지게 되었던 것 같아요. 지금은 괜찮긴 한데, 한참은 좀 속상했던 것 같아요. 그 친구 결혼식 때문에 미리 만났을 때 엉엉 울면서 다 얘기하긴 했어요. 우리의 공백에 대해서. 한 5년? 3년 정도 공백이 있었는데, 그때 서로에게 어떤 게 서운했고 이런 것을 다 털어놓았던 것 같아요. 그렇지만 털어놓으면서 느꼈어요. 우리가 아무리 서로에게 다 이야기하고 지금 이 순간 너와 내가 눈

물의 포옹을 나누어도 우리는 예전으로 돌아갈 수 없겠구나. 그레 되게 슬픈 기억이었던 것 같아요. 그래도 그냥 잘 살기를 바라고 항상 네가 원하는 너의 삶을 살길 바란다는 마음 자체가 이제 괜찮은 것 같아요.

탈리타 그러네요. 괜찮아진 거죠.

유보 시간이 지나면서 그냥 저도 타인을 이해하는 그릇이 넓어졌고, 나이를 먹으면서 그때는 이해할 수 없었지만 이제는 이해할 수 있는 거죠.

탈리타 그럼, 이제 다음 질문이 작가님께서 이걸 어떻게 받아들이실지 모르겠는데, 평생 한 사람만 사랑할 수 있다고 생각하시나요?

유보 현재 최애가 3명인 사람한테 해당되는 질문은 아니네요. (웃음) 저는 이 명제 자체를 믿지 않아요. 어떻게 한 사람만 사랑할 수 있죠? 사회적 합의가 그런 거니까, 그거를 거스르자는 말은 절대 아닌데, 한 사람만 사랑할 수는 없죠.

탈리타 사실 책에서도 인상 깊긴 했어요. 모노가미에 대해 얘기하신 부분이요.

유보 저는 그거는 사실 사회를 구축하기 위해 후천적으

로 만들어진 거라고 생각하거든요. 어쨌든 전 세계에서 가장 보편적인 것은 남자랑 여자랑 결혼을 해서 아이를 낳아서 가계도를 만드는 거니까. 근데, 한 사람만 사랑할 수 있다면 세상이 그렇게 복잡하진 않겠죠. 저는 그럴 수 없다고 생각해요.

탈리타 그렇군요.

유보 내가 이 사람을 사랑하면서 당연히 다른 사람도 사랑할 수 있고, 다만 이거를 내비치느냐 않느냐의 문제이고 또는 선을 넘느냐 안 넘느냐는 합의에 대한 거죠. 마음은 어쩔 수 없잖아요.

탈리타 그렇죠. 마음은 어쩔 수 없는 것 같아요.

그리움이란 사랑, 임발

독립출판계에서 나의 베프, 임발 작가님의 사랑 이야기는 듣지 않을 수 없었다. 임발 작가님은 내가 이 책을 만들 수 있게 아이디어를 준 사람이기도 하고, 내가 계속해서 책 작업을 이어갈 수 있게 힘을 불어넣어주는 고마운 사람이다. 이렇게 이 책이 나오기까지 정말 중요한 역할을 한 작가님과 2023년 8월 초, 뜨거운 여름이었지만 시원한 여름비가 내리던 날, 행궁동의 어느 식당 겸 카페에서 진지하게 이야기를 나누었다.

탈리타 안녕하세요. 간단한 자기소개부터 시작할까요?

임발 네, 안녕하세요. 저는 독립출판으로 주로 소설을 쓰고 펴내고 있는 임발이라고 합니다. 사랑에 대한 장편 연애소설도 한 번 쓴 적이 있습니다.

탈리타 말씀드렸듯이 시작 질문이 있어요. 작가님은 지금 사랑하고 계시나요?

임발 음, 그러면 사랑에 대한 정의를 먼저 내려야 할 것 같은데, 어쩌면 그게 사람마다 다 다르겠지만요.

탈리타 그럼 1, 2번 질문을 같이 대답해 주셔도 돼요.

임발 제가 생각하는 사랑에 대한 정의라고 하면, 그 사람을 떠올리는 시간이 점점 더 길어지고 상대에 관한 생각이 부풀어 오르는 속도가 빨라지는 것. 끊임없이 그 사람을 생각하는 것이 어쩌면 사랑의 시작인 것 같아요. 제가 방금 내린 정의로 따지자면, 저는 지금 사랑하고 있는 것이 맞는 것 같습니다.

탈리타 사랑에 대한 정의를 그 사람을 떠올리는 시간이 길어진다, 부풀어지는 속도가 빨라진다고 표현하셨는데, 그러면 그걸 감정으로 얘기한다면 어떤 감정인 것 같아요? 떠올린다는 것은 생각이니까요. 감정 단어로 표현해 본다면 어떻게 표현할 수 있을까요?

임발 일단은 생각한다는 것 자체가 그 사람을 직접 마주하고 있는 것이 아닐 수 있잖아요.

탈리타 그러네요.

임발 마주하고 있지 않음에도 불구하고 생각을 하는 거니까 그리움에 가까운 것 같아요.

탈리타 그리움!

임발 '곁에 있어도 그립다'라는 표현이 있잖아요. 그런 것처럼 그리운 감정이 사랑인 것 같아요. 그 사람이 끊임없이 계속 보고 싶은 것.

탈리타 보고 싶고, 같이 있고 싶고, 그런데 그럴 수 없는 상황이 있을 수 있는 거죠.

임발 그렇죠. 그럴 수 없는데, 그냥 보고 싶은 마음만 가득한 상태예요.

탈리타 근데 왜 저는 그리움이라는 감정을 생각했을 때 슬픈 마음이 들까요? 이 부분에 대해선 어떻게 생각하세요?

임발 생각해 보면 제가 지금껏 연애할 때 항상 제가 먼저 좋아하는 사람하고 한 것이 아니라, 저를 좋아하는 사람하고 연애한 경우가 대부분이었어요. 그러니까, 제가 먼저 제 감정에 충실한 상황에서 사랑하는 관계가 시작된 적은 없었기 때문에, 그래서 뭔가 좀 슬펐던 것 같아요.

탈리타 아하, 슬픔이라.

임발 돌이켜보면 연애가 성립되었을 땐 항상 저는 사랑을 받는 입장이었던 것 같아요. 대체로 제 마음이 엄청나게 커져 있을 때 시작된 연애가 아니라서 그런지 조금은 서글픈 감정이 들어요. 전 연인들에게는 조금 미안한 얘기가 될 수도 있지만요. 그래서 저도 모르게 사랑을 그리움이라는 단어로 표현한 것이 아닌가 싶어요. 질문을 곰곰이 생각하면서 지금 말하니까 그러네요.

탈리타 그러니까 약간 임발 작가님의 사랑은 좀 슬픈 사랑이네요.

임발 항상 제가 좋아하는 사람은 다른 사람을 좋아하고, 저를 좋아하는 사람이 있는데도 저는 다른 사람을 좋아하는 이런 경우가 되게 많았던 것 같아요. 그래서 저에게 사랑은 슬픔에 더 가까운 듯합니다. 사랑이라는 단어를 떠올리면 벅차서 행복해

죽겠다는 감정보다는 아련하고 슬픈 감정이 더 앞에 오는 것 같네요.

탈리타 이게 그럼 바로 자연스럽게 다음 질문이랑 연결이 돼요. 다음 질문이 사랑을 생각하면 행복한가요, 아니면 아픈가요, 그 이유에 대해 설명해 달라는 건데, 이미 사랑을 슬프다고 얘기를 해주셨어요.

임발 굳이 따져보면 제가 여태까지 사랑을 제대로 해봤다고 생각하지 않는 이유는 행복한 사랑을 많이 안 해봐서인 것 같아요. 그렇기 때문에 제가 사랑하고 싶다는 말은 행복한 사랑을 하고 싶다는 말인 듯해요. 주로 아픈 사랑, 혹은 뭔가 좀 불균형적인 사랑만 해왔던 사람이라서 그런지 짝사랑, 외사랑은 이제 그만하고 싶긴 하거든요.

탈리타 외사랑!

임발 앞으로는 서로 마주 보는 사랑을 좀 해보고 싶은 마음이 큽니다. 그러니까 이제는 아픈 사랑을 탈피하고 싶다, 알콩달콩하고 그냥 생각만 해도 웃음이 나오는 그런 사랑을 해보고 싶은 마음이다, 라는 것이죠.

탈리타 저도 임발 작가님이 꼭 그런 사랑을 하시길 진심으로, 아주 진심으로 바랍니다.

임발 감사합니다. (웃음)

탈리타 근데 다음 질문은 또 슬픈 사랑 이야기가 나올 것 같아요. 작가님의 기억에 남는 사랑 스토리, 어떤 이야기나 에피소드를 듣고 싶어요.

임발 20대 때, 가장 열렬하게 사랑을 많이 해봤어야 하는 시간에 한 사람을 너무 오랜 시간 좋아했었어요. 짝사랑이죠. 고백도 했었고 거절당했는데도 좋아했던 것 같아요. 20대 때 거의 한 5년 이상을 좋아했어요.

탈리타 5년 이상, 진짜 길다.

임발 마음을 접기까지 너무 힘들었죠. 근데 그래도 이게 조금 아이러니한 건데, 그 친구랑 결혼하고 싶은 생각이 있었던 것은 아니에요.

탈리타 아, 왜요?

임발 그냥 단지 연애가 너무 하고 싶었었어요. 결혼 말고 연애. 근데 결국은 좌절된 욕망이었죠. 그래서 한동안은 연락 안 하고 지내기도 했지만, 어쨌든 지금은 친구, 아니 오빠 동생으로 지내고 있어요. 저는 이런 거에 불편함은 없는 사람인 것 같아요. 남들이 보면 이해가 가지 않을 수 있지만, 저는 사랑에 있어서는 되게 다양한 형태의 양상이 펼쳐질 수 있다고 생각해요. 그래서 사랑이 우정이 되는 경우도 많이 있었던 것 같고요.

탈리타 사랑이 우정이 된다?

임발 그렇죠. 그 친구 같은 경우는 결혼해서 아이도 낳고 잘살고 있습니다. 한동안 연락을 안 하다가 제가 첫 책을 냈을 때 조심스럽게 연락했고, 그래서 지금은 제 소설을 먼저 읽어주기도 하는 친구가 된 거죠. 서로 응원하는 사이. 고마운 동생으로 지금까지 잘 지내고 있는 것을 보면 조금 신기하기도 하네요. 그렇게 애절했던 마음이 좋은 관계의 원동력이 된달까?

탈리타 무슨 원동력이요?

임발 잘 모르겠어요. 그냥 남들이 생각하면 되게 불편할 수도 있는 관계지만, 저에게는 그 친구와의 관계가 남다른 의미의 힘이 있는 거죠. 이런 것들이 저의 소설에도 반영이 되는 것 같고요. 왜냐하면 은수와 정원*의 관계 같은 경우도 남들이 보면 되게 애매한 관계잖아요. 근데 저는 그게 가능한 사람이라서 소설 속에서도 그렇게 묘사하지 않았나 싶

*은수와 정원은 임발 작가님의 소설 『부끄러움이 사람을 구할 수 없다』 속 주인공 남녀의 이름이다.

어요.

탈리타 맞네요. 은수와 정원의 관계.

임발 애초에 저는 사랑이라는 감정을 되게 혼동하고 있는 사람인 것 같기도 하네요. 저는 사랑이라는 말을 확신 있게 해본 적이 단 한 번도 없는 사람이에요.

탈리타 단 한 번도?

임발 제가 확신할 수 있는 저의 감정 표현의 최대치는 '난 널 좋아해'까지인 것 같아요. '사랑해'라는 말을 제대로 해본 적도 없고, 내가 감히라는 생각, 과연 이게 사랑인가라는 의심을 끊임없이 하는 사람인 듯해요.

탈리타 이 얘기를 들어보니 사랑이라는 것을 되게 크게, 숭고하게 생각하시는 것 같네요.

임발 그러네요. 저는 좀 진지해야 한다고 생각해요. 그냥 이렇게 했고, 저렇게 하는 것 자체가 사랑일 수도 있어, 라고 하지만 제가 생각하기에 사랑이라는 가치가 되게 크게 다가오거든요.

탈리타 아, 이건 잠깐 앞으로 돌아가서, 그냥 갑자기 궁금해서요. 그 20대 때 5년 넘게 짝사랑했던 그분한테 마음은 어떤 계기로 없어진 거예요?

임발 어떤 계기가 있었던 것은 아니고 자연스럽게 소멸했다고 보는 게 맞겠네요.

탈리타 그냥 시간이 지나면서?

임발 시간이 길어지고, 점점 옅어진 것 같아요.

탈리타 그러니까 다른 사람이 좋아진 것도 아니고, 그냥 전 이게 약간 신기하네요. 왜냐하면 저는 사실 아시겠지만, 짝사랑한 적도 없지만, 연애하다가 헤어졌어도 다른 사람이 생기기 전까진 마음이 잘 안 없어지더라고요. 근데 작가님은 그냥 시간이 지나면서 없어졌다?

임발 그러게요. 그냥 뭐 생각하면 그때 소개팅도 해보고 이렇게 저렇게 다양한 경험을 해봤어야 하는데, 그런 걸 전혀 안 했어요. 근데 그 이후로는 소위 말하는 '금사빠' 성향이 생겼어요. 오래 짝사랑해도 어차피 안되는 거니까, 라는 생각 때문인지, 한 번에 열렬히 좋아하다가도 안 될 것 같으면 그냥 곧바로 마음을 접고, 이런 식으로 바뀐 것 같아요.

탈리타 아하, 그 이후로.

임발 아무리 그때의 추억을 아름답게 미화하려고 해도 아쉬움이 남기도 합니다. 그 시간에 다른 것을 좀 했으면, 다른 사람을 더 찾아봤으면 좋지 않았을까, 그런 생각이 듭니다.

탈리타 그러네요.

임발 시간 낭비라는 표현은 맞지 않을 것 같지만, 그래도 사실 그 시간 동안 다른 사랑을 해볼 수도 있었을 텐데, 기회비용이죠.

탈리타 기회비용, 맞는 표현이네요.

임발 너무 한 사람한테 매몰되어 있어서 그랬는지 다른 사람을 쳐다보지 못했어요. 아까 말했듯이 그 이후로는 짧게 좋아하고 아니다 싶으면 금방 감정을 씻어내면서 그렇게 지금까지 지내왔습니다. 사랑에 관해서는 여전히 불구에 가까운 상태가 아닌가 싶네요.

탈리타 그러시군요. 자, 이제 핵심 질문들은 거의 끝났어요. 다음 질문은 평생 한 사람만 사랑할 수 있다고 생각하시나요?

임발 그렇게 하고 싶지만 저는 불가능하다고 생각해요. 사람이라는 게 이성의 영역에서는 그렇게 해야 하는 게 맞겠으나 본능적으로 그렇게 안 되는 것 같아요. 한 사람을 평생 사랑하는 것은 어떻게 보면 인간의 본성을 거스르는 것이라고 생각해요. 현대 사회에서 제도적으로 굳혀진 '결혼', '일부일처제' 같은 것들이 저는 어떻게 보면 인간이 속한 사회를 좀 더 안정적으로 구성하기 위해 통제할 목적으로 생긴 것은 아닌가 싶어요.

탈리타 사회적인 것이라는 거죠.

임발 사랑의 호르몬이라는 것도 유효기간이 있다고 하죠. 그 호르몬이 사라진 다음부터는 의리라고 생각해요. 물론 이상적으로는 진짜 한 사람만, 누군가 로맨틱하게 영원한 사랑을 꿈꾸겠지만, 현실적으로는 힘들지 않을까. 그래서 사실은 약간 그런 것도 있어요. 공식적인 인터뷰에서 이 얘기는 처음 하는 것 같은데요. 결혼을 적극적으로 생각하지 않는 이유도 한 사람이랑 평생을 살 수 있을까, 라고 생각하면 저는 통 자신이 없어요.

탈리타 이 질문은 제가 다양한 사람들의 생각이 궁금하더라고요. 왜냐면 제가 지금 결혼을 했음에도 불구하고, 재미있죠. 내가 한 사람만 사랑할 수 있을까? 헷갈리는 거예요. 물론 제가 지금은 이사람만 사랑하지만, 이게 계속 가능할까? 다른 사람들은 가능할까? 나는 이 질문에 어떻게 생각하고 있지? 이 생각이 정리가 안돼서 물어보고 있는데, 아주 다양한 대답들을 들을 때 재미있더라고요.

임발 저처럼 얘기하는 사람이 많지 않아요?

탈리타 많긴 하죠. 그렇지만 답이 있는 것이 아니니까. 그냥 자신의 생각이니까. 많은 사람들이 그렇게 생각한다고 정답은 아닌 거죠.

임발 정답이 없는 질문이죠.

탈리타 전 그래서 정답 없는 질문을 좋아해요.

애(愛)식주, 서영

인스타를 통해 알고 지낸지도 벌써 5년이 다 되어가는 서영님은 나에게 사랑에 대한 에세이를 써보면 어떻겠냐고 가장 먼저 얘기를 해준 사람이다. 서영님은 나에게 참 고마운 존재이다. 내가 힘들 때에도 탈리타로서의 활동을 계속할 수 있게 응원해 준 사람이고, 늘 옆에서 묵묵히 나를 지켜봐 주었기 때문이다. 이런 고마운 존재인 서영님을 작년 9월의 어느 날 사당에서 만났고, 그날의 인터뷰는 '애(愛)식주'라는 명단어를 듣게 되는, 정말 끝내주게 마음에 드는 인터뷰였다.

탈리타 안녕하세요. 먼저 간단하게 자기소개부터 시작할까요?

서영 안녕하세요. 30살 서영입니다.

탈리타 아주 간단한 자기소개 감사합니다. (웃음) 자, 그럼 바로 첫 질문으로 가면 서영님은 지금 사랑을 하고 계시나요?

서영 당연하다. 아주 당연하다고 말할 수 있죠! 제가 '애(愛)식주'라는 말을 사용하곤 해요. 왜 인간이 사는데 가장 필요한 게 의식주라는 말이 있잖아요. 근데 저는 인간이 사는데 반드시 필요한 요소가 사랑이라고 해서 '애식주'라고 생각합니다.

탈리타 오, 애식주! 진짜 멋있다~

서영 그래서 늘 사랑하고 있죠. 대상이 꼭 사람이 아니더라도 내가 키우는 강아지일 수도 있고, 가족일 수도 있고, 너무 재미있어서 계속 보는 영화일 수도 있고요. 그래서 당연히 뭔가를 항상 사랑하고 있고, 그렇기 때문에 살 수 있다고 생각합니다.

탈리타 항상 사랑하고 계시군요.

서영 가끔 친구들하고 이런 얘기를 해요. 내가 내 명이

다하지 않고, 극단적인 선택을 해서 생을 마감한다면 이유는 무조건 이 세상에서 내가 사랑하는 게 단 하나도 없기 때문일 것이라고…

탈리타 너무 멋있다. (감동) 그럼 도대체 사랑이 무엇이라고 생각하기에 정말 의식주보다 중요한 '애식주'라고 표현하시는지 더 궁금해지는데, 사랑을 뭐라고 생각하세요?

서영 호기심!

탈리타 오! 사랑은 호기심이다~

서영 단편적으로 생각해서 만약 사랑하는 대상이 사람일 때, 얘를 궁금해하지 않은 상태에서 좋아해 본 적이 없어요. 계속 알고 싶고, 더 알아내고 싶은 것 자체가 저한테 하나의 재미가 되고, 그런 원동력으로 또 내 인생이 재미있어지고 하루하루 신나고 약간 그런 게 있잖아요.

탈리타 그렇죠, 뭔가 새로운 걸 알아가는 재미가 있죠. 사랑을 호기심에 비유해 주셨고, 그러면 이게 연결이 되는 게, 아까 내가 더 이상 이 세상에 사랑할 것이 없어서 이 세상을 떠난다라고 하면 더 이상 이 세상에 궁금한 것이, 호기심 있는 게, 관심 가는 게 없어지는 거니까, 그러니까 정말 꼭 삶의

'애(愛)식주'라는 말을 사용하곤 해요.

인간이 사는데 가장 필요한 의식주라는 말이 있잖아요.

근데 저는 인간이 사는데 반드시 필요한 요소가

사랑이라고 해서 '애식주'라고 생각합니다.

필수 같다는 그런 생각이 드네요.

서영 오, 정리를 너무 잘해주시네요. (웃음)

탈리타 (웃음) 감사해요. 이제 자연스럽게 다음 질문으로 넘어가면, 이게 그러니까 사랑을 호기심이라고 했을 때, 사실 호기심도 감정의 단어라고 볼 수 있을 것 같긴 한데, 그래도 또 어떤 감정으로 표현해 볼 수 있을까요? 되게 다양한데, 서영님이 생각하는 사랑의 감정은?

서영 이게 감정인가? 그냥 책 같은 것도 보면, 이미 한 번 읽어서 아는 내용인데도 또다시 보고 싶은 마음이 생기고 이런 재미들이 있잖아요. 흥미가 생기는…

탈리타 흥미로운! 흥미로운도 감정 단어죠. 이게 다양한 사람들의 얘기를 들어보니까 되게 다양한 감정이 나오더라고요.

서영 부정적인 감정도 있겠네요.

탈리타 당연히 있죠. 사랑하면 화가 난다고 하는 사람도 있었는데, 이게 이유를 보면 그럴 수 있을 것 같더라고요.

서영 그럼 '참는'도 감정일까요?

탈리타 감정이 될 수 있죠. 인내하는?

서영 그렇죠, 인내하는 감정도 있는 것 같아요. 내가 알고 싶다고 해서 다 알 수 있는 게 아니잖아요. 그러면서 인내의 시간도 필요하고요.

탈리타 그러니까 사랑하면은 흥미로운데, 뭔가 막 알고 싶은데, 그거를 바로 알 수 없을 때까지의 인내도 사랑으로 설명할 수 있는 거네요. 좋아요! 그럼 흥미롭다는 것은 부정적이라기보단 긍정 감정에 가까운데, 사랑하면 먼저 긍정적인, 뭔가 행복했던 기억이 떠오르실까요? 자연스럽게 다음 질문으로 가보자면 사랑하면 어떤 기억이 떠오르시나요?

서영 음, 저는 짝사랑을 되게 잘하는 스타일이거든요. 근데 짝사랑이라는 게 힘들면 오래 할 수가 없잖아요. 그래서 저는 되게 즐기는 스타일이에요.

탈리타 짝사랑을 즐긴다!

서영 왜냐하면 나 혼자 누군가를 좋아하고, 그냥 나한테 뭔가 '흥미로운 대상이 생겼다'. 그 상태가 너무 즐거운 거예요. 인생에 내가 모르던 뭔가 흥미로운 상대가 나타나니까, 그럼 재를 알아가는 재미만으로도, 굳이 쌍방의 감정이 아니더라도 너무 행복하고 재미있으니까, 사랑이라는 것 자체가 같이 하지 않아도 저에겐 너무 즐겁고 행복한 기억이라고 할 수 있을 것 같아요.

탈리타 짝사랑을 행복한 기억으로 떠올리셨네요.

서영 그래서 오히려 짝사랑이 끝날 때쯤엔 좀 슬프기도 해요. '이제 저 사람이 나에게 어떤 감정적 동요도 일으키지 못하는구나'라는 걸 느꼈을 때는 슬픈데 사랑을 하는 중에는 되게 늘 재미있었던 것 같아요. 이 사람을 알아가는 것, 꼭 사람이 아니더라도 뭔가를 알아가는 것 자체가요.

탈리타 혹시 가장 기억에 남는 대상이 있을까요? 사람이든 아니든.

서영 가장 기억에 남는다…

탈리타 뭔가 이걸 알아갈 때 난 너무 행복했다?

서영 사람으로 치면은 중학교 때 했던 연애가 제일 떠올라요. 왜냐하면 너무 미숙했어요. 그러니까 그때는 막 재미있었다기보단, 그냥 좋고 좋으니까 사귀게 되고, 뭐라고 해야지. 그냥 어리숙한 모습이 떠올랐어요. 그때 했던 연애를 생각하면

저 스스로 좀 수치심이 들기도 하고요.(웃음)

탈리타 (웃음) 수치심까지?

서영 (웃으며) 너무 어렸다 싶어요. 그래서 기억에 남는 사랑을 떠올리자면 어렸을 때 했던 정말 어리숙했던 그 사랑이 떠올라요.

탈리타 어렸을 때니까 진짜 더 호기심으로 가득했겠다. 그렇죠?

서영 그랬죠~

탈리타 근데 저 아까 짝사랑에 대해서 좀 더 얘기해 보고 싶어요. 아까 짝사랑이 끝날 때는 슬프다고 하셨는데, 그럼 그게 내가 그 상대에 대해서 관심이 없어진 걸까요, 아니면 거절을 받았나요?

서영 음. 전자요. 그냥 애정이 식은 거죠. 아침에 눈을 뜨자마자 그 사람이 뭐 하는지 궁금해야 되는데, 전혀 궁금하지 않는다던가. 내가 기분이 뭔가 안 좋더라도 얘를 만나거나 얘에 대한 뭔가를 하면 기분이 좋아져야 되는데, 전혀 그렇지 않을 때. 뭔가 제 인생 속에서 재미를 하나 잃은 기분이 들어요. 우리가 사귀다 헤어진 것도 아니지만, 나 혼자 뭔가 이별한 거 같은. 이제 얘가 더 이상 나에게 어떤 감정적 동요를 일으키지 않는구나. 나는 얘를 떠올리는 것만으로 즐거운 사람이었는데, 이제는 얘를 생각해도 아무 감정이 안 드네. 이런 게 약간 허무하기도 하고.

탈리타 허무하겠다. 그렇지만 그 짝사랑을 하는 동안에는 내가 너무 즐겁고 재미있었다는 거네요. 그럼 또 자연스럽게 다음으로 넘어가면 그 사랑 스토리가 궁금해요. 뭔가 에피소드 같은 걸 나눠주실만한 게 있나요?

서영 스토리?

탈리타 스토리가 좀 그러면, 그냥 내가 사랑했었던 대상?

서영 대상이 꼭 사람이 아니어도 된다 하면 저는 사실 강아지들에 대한 스토리가 제일 많을 것 같아요.

탈리타 맞아요. 강아지 좋아요.

서영 어쨌든 얘네가 조금이라도 아플 때, 내가 감정적으로 너무 힘들어지잖아요. 그것 또한 내가 얘네를 사랑하기 때문에 일어나는 감정이니까. 그럴 때는 좀 진짜 이런 게 부모의 마음인가. 그런 걸 좀 느끼게 되는 것 같아요.

탈리타 그럼 주로 강아지들과의 일상이 어떻게 되나요? 갑자기 이게 궁금하네요.

서영 강아지들과의 일상이라면, 산책이죠.

탈리타 산책! 산책을 자주 시키고~

서영 근데 강아지들을 보다 보니까 저는 어차피 비혼주의자지만, 아이를 낳는 건 정말 겁이 나서 못할 거 같다는 생각도 들어요. 나에게 나보다 더 소중한 존재가 있다는 게 나를 강하게 만들기도 하지만 나를 한없이 약하게 만들기도 하니까요.

탈리타 왜요? 왜 무서운지가 갑자기 궁금하네요.

서영 나는 내 삶에서 내가 제일 중요해야 하는데, 나보다 더 중요한 대상이 생기면 그 대상의 상태에 따라 내 상태까지 영향을 주니까요.

탈리타 맞아. 그게 무서울 수 있겠다. 그러니까 내가 아닌 다른 대상에 의해서 내가 좌지우지되는 게 무섭다는 거죠. 내 의지와 상관없이. 그렇겠다.

서영 내가 바란다고 되는 일도 아니고, 얘네가 아프지 않길 바랄 뿐이지.

탈리타 그렇죠. 내가 아프지 않길 바란다고, 얘네가 안 아픈 건 아니니까. 충분히 그럴 수 있겠네요. 그래서 어쨌든 강아지들을 많이 사랑하고 계신데, 강아지 얘기를 조금만 더 해보면, 두 마리가 있잖아요? 몇 살이죠?

서영 11살, 10살이요.

탈리타 나이가 꽤 있네요.

서영 그죠. 이제 노견이다.

탈리타 부모님이 키우시는 거잖아요?

서영 본가에 있고 가까우니까 산책은 제가 하죠.

탈리타 그럼 아까 비혼주의 얘기가 살짝 나와서 그냥 바로 다음 질문을 하면서 이 얘기를 좀 더 물어보고 싶거든요. 다음 질문이 '평생 한 사람만 사랑할 수 있다고 생각하십니까'인데, 그러니까 제가 이 질문을 넣은 것 자체도 저는 결혼을 했으니까, 내가 이 사람만 평생 사랑할 수 있을까?라는 의문이 생기기도 하더라구요. 지금은 너무 좋아서 이런 생각을 잘 안하지만, 결혼이란 제도는 평생 한 사람만 사랑하게 만드는 제도잖아요. 근데 서영님이 비혼주의라는 얘기를 했는데, 혹시 비혼주의가 된 이유가

이 질문과 연관이 있는지 궁금해요.

서영 그게 100%는 아니지만 이유 중에는 있어요. 어떻게 그럴 수가 있을까 하는 의문이 들긴 해요.

탈리타 어떻게 한 사람만 평생 사랑할 수 있을까?

서영 네. 근데 그건 될 것 같아요. 한 사람과 평생 같이 사는 거요. 평생 같이 살 수 있는데, 그게 사랑이라는 감정으로 평생 함께 하는 건 힘들지 않을까?

탈리타 오, 그걸 분리해 주셨네요. 한 사람과 평생 같이 사는 건 의리로 될 수도 있고, 그냥 같이 사는 건 가능하겠지만, 그 사람을 사랑하는 감정, 어떻게 보면 서영님이 얘기한 그 감정은 호기심인데, 이 사람만 평생 궁금해할 수는 없을 거 아니야.

서영 그렇죠. 또 다른 궁금한 게 생길 수도 있으니까.

탈리타 그러니까 평생 한 사람만 사랑할 수 있다는 질문에는 자연스럽게 'no'가 될 것 같은데, 그럼 비혼주의에 대해서 좀 더 얘기해 주실 수 있을까요? 아까 다른 이유도 있다고 하셨는데.

서영 제가 비혼주의인 이유는 저한테 집이라는 공간이 너무 큰 의미라서 그래요. 집은 저한테 세상에서 내가 온전히 편할 수 있는 공간인 거예요. 나에게 유일하게 안전한 곳인데, 여기를 누군가와 공유한다는 게 상상이 안되는 거 같아요. 나 혼자 눈치 안 보고 슬퍼하든 즐거워하든, 오롯이 혼자 할 수 있는 곳이어야 되는데, 여기에 내가 아무리 사랑하는 사람이라고 해도 누군가 같이 지낸다는 게 불편할 것 같아요.

탈리타 불편하다. 그러면 비혼주의지만 연애는 괜찮은 거죠? 한 사람과 평생 한 공간에서 사는 것 자체가 나의 바운더리를 침범하는 느낌이 들 것 같다. 이런 생각일까요?

서영 맞아요. 저는 선을 지켜주는 게 사랑이라는 생각이 들어요. 근데 이게 좀 제가 이기적인 것 같은 게, 저는 내가 받고 싶은 사랑이랑 주고 싶은 사랑이 되게 달라요.

탈리타 어떻게요?

서영 이를테면 얘가 나에 대해서 다 알지 않았으면 좋겠는데, 나는 얘에 대해서 다 알고 싶다. 이게 좀 안 맞는 것 같아요.

탈리타 그것도 되게 신기하다. 왜 다 알려주고 싶지 않아요? 그러니까 그게 다 알게 되면 내 선을 넘어온다는 생각이 드는 거죠? 근데 너무 모순적이다. 서영님은 그 선을 넘고 싶은 거고.

서영　그렇죠. (웃음) 모순적이야. 나는 너에 대해 모르는 게 없고 싶은데, 너는 나에 대해서 다 알지 않았으면 좋겠어. 근데 이건 좀 약간 성향인 것 같아요. 개인주의적 성향이나, 내성적인 게 영향이 있는 것 같은.

탈리타　나를 공개하는 거는 좀 많이 꺼려지고, 내 바운더리에는 좀 이렇게 더 들어오지 않았으면 하지만, 근데 나는 또 저 사람에 대해서 너무 궁금하고 더 들어가고 싶고 이런 마음이 있으니까. 근데 그게 사람에 따라서 약간 열릴 수도 있지 않을까요? 왜 난 그럴 가능성이 보이지?

서영　지금까진 없었지만, 추후에는 충분히 일어날 수 있는 일이긴 하죠.

짝사랑 무경험자

나는 짝사랑을 해본적이 없다. 이렇게 얘기하면 어떻게 들릴지 모르겠지만, 나는 내가 좋아하는 것보다 나를 좋아해주는 사람에게 더 끌리기 때문이다. 그래서 나한테 관심조차 없는 사람에겐 먼저 마음이 잘 가지 않는다.

이런 내가 짝사랑 하는 사람들의 이야기를 들어보았다. 참 매력있게 다가왔다. 자신이 사랑하는, 혹은 좋아하는 사람을 계속 궁금해하는 마음. 그 마음이 뭐랄까, 예쁘게 느껴졌다. 짝사랑은 상대의 감정보다 내 감정에 더 집중하는 것이다. 나는 이게 잘 안된다. 하지만 '짝사랑 전문가' 같았던 서영님은, 그리움을 간직하며 사랑하는 임발님은, 다양한 사랑을 말하며 자신의 감정을 바라볼 줄 아는 유보님은, 내가 갖지 못한 것을 가진 사람들이다.

그들이 말하는 사랑이 어떤 점에선 슬픈 사랑으로 보일 수 있지만, 그 슬픈 사랑이 왜 이렇게 아름다워보일까.

어쩌면 건강한게 아닐까? 나를 좋아해주는 사람보다 내가 좋아하는 사람을 사랑하는, 그 건강한 마음을 응원한다.

Part 3.

결혼 이야기

10년째 연애 중, 양단우

단우 작가님을 만난건 2023년 7월 유난히 햇살이 뜨거웠던 날이었다. 평일이었는데, 이런저런 일들을 처리하려고 연차를 낸 날이었고, 오전엔 미용실에 가서 머리도 예쁘게 해서 그랬는지 아주 좋은 기분으로 단우작가님을 만나러 갔다. 햇볕이 잘 드는 카페 창가 자리에 앉아 우리는 대화를 나누었다.

탈리타 안녕하세요. 먼저 귀한 시간을 내주셔서 정말 감사드려요. 첫 질문부터 바로 들어가면, 단우 작가님은 지금 사랑하고 계시나요?

양단우 네, 하고 있습니다.

탈리타 아, 이걸 빼먹었네요. (웃음) 먼저 간단하게 자기소개를 해주실 수 있을까요?

양단우 10년 차 연애 중인 양단우입니다.

탈리타 오, 결혼이 아니라 연애라고 표현을 하셨네요?

양단우 결혼보다는 연애가 더 가까운 감정 같아서요.

탈리타 결혼이 10년 차인데, 연애 중이라고 표현을 하신 게 전 너무 인상 깊고, 시작부터 그러면 단우 작가님이 생각하는 사랑은 어떤 것이길래 연애 중이라고 했을까요? 그러니까 연애와 사랑은 좀 다른 말이긴 하지만, 그래도 작가님이 생각하시는 사랑의 정의를 말해주세요.

양단우 아, 이거 멋있게 말해야 할 것 같은데~

탈리타 편하게 말해주세요. (웃음)

양단우 이게 맞는지 모르겠지만 좋은 것과 좋지 않은 것이 양립하는 것이라고 생각해요. 저울질하듯이 양립한다고 생각하거든요.

탈리타 좀 더 설명해 주세요. 좋은 게 어떤 거고, 좋지 않은 건 어떤 건지, 좋은 건 좋지만 좋기만 하지 않다는게 포인트 같은데 맞을까요?

양단우 맞아요. 이 사람과 함께 해서 누릴 수 있는 자유, 평화, 기쁨이 있다면, 이 사람과 함께 하면서 맞지 않는 부분들, 가치관이나 취향 같은 걸 맞춰가는 건데, 이게 맞춘다기 보단 덮이는 것 같아요.

탈리타 그러니까 나라는 개성 위에 그 사람이 덮어져서 내가 묻힐 수 있으니까, 그게 어떻게 보면 사랑의 다른 면, 그러니까 좋기만 하지 않은 면일 수 있겠다고 하시는 것 같아요.

양단우 맞아요.

탈리타 멋지네요! 그럼 가볍게 세 번째 질문으로 넘어가면, 지금은 사랑을 정의해 보신 거고, 이제 우리가 이걸 감정으로 표현한다면, 그냥 자유롭게 어떤 감정 단어로 설명하고 싶으세요? 예를 들면, 기쁨, 슬픔, 설렘, 편안함…

양단우 저는 'friendly' 그런 우정 같은 사랑이라고 생각해요

탈리타 우정같은 감정, friendly하면 편하고, 좀 즐거운 느낌이 드는데요, 맞나요?

양단우 편하다는 표현보다 '포근한'이 맞을 것 같아요. 사랑을 하면 그런 말 하잖아요. 하늘을 나는 것 같다고. 근데 저는 거기에서도 이제 구름이 이렇게 가득한 것 같은, 하늘을 난다는 게 슝 하고 우주까지 뚫고 올라가는 게 아니라, 성층권에 멈춰서, 구름과 함께 포근한 거죠.

탈리타 진짜 확실히 폭신한 느낌이 드네요! 근데 이렇게 사랑의 감정을 묘사하는데 구름으로 표현 할 수 있는, 작가님의 인프피(INFP)적인 성향이 아주 돋보이는 대답이었어요.(웃음)전 상상도 못했어요. 성층권을 뚫지 않는다는 말도, 그렇게까지 생각한다고? MBTI에서 'S'인 저로서는 참 신기한 대답이었습니다.
(다같이 웃음)

탈리타 그럼 이제 다음 질문으로 넘어갈게요. 작가님의 사랑은 아픈 기억이 먼저 떠오르는지, 아니면 좋은 기억이 떠오르는지, 그리고 그 기억에 대해 나눠주실 수 있는지 궁금해요.

양단우 음, 그 사람에게는 좋았겠지만, 저는 아팠던 기억이 나요. 그게 무슨 사건이 일어나서가 아니라, 제가 가지고 있었던 마음의 쓴 뿌리를 처음에 남편한테 오픈했을 때 남편이 옆에 있어줬거든요. 그 곁을 떠나지 않고. 사람들은 다 떠날 수 있지만 이 사람만은 남아서 곁을 지켜줬기 때문에 그 상황 자체가 아팠던 것 같아요.

탈리타 그러니까, 되게 로맨틱하지만 나에게는 사실 아픈 기억이니까. 이게 결혼 초기였나요?

양단우 결혼 직전이요.

탈리타 이거에 자연스럽게 이어서 궁금한 게 결혼 10년차, 근데 그 결혼 기간을 연애라고 표현하셨는데, 그럼 결혼 전 연애는 얼마나 하셨어요?

양단우 결혼 전 연애는 한 3년 됐어요.

탈리타 오, 그 3년이랑 그 이후의 10년이랑 비슷해서 연애 중이라고 한 거예요? 전 너무 다른데~ 궁금하네요. 진짜! (웃음)

양단우 그냥 사는 집만 다르고 사람은 안 바뀐 것 같아요. 고스란히 남아 있어요. 배가 나오고 머리가 빠졌지만, 그 사람은 그대로니까, 여전히 연애하는 느낌으로 살고 있어요.

탈리타 얘기를 듣다 보니까 어떻게 처음 만나셨지가 궁금해지는데, 그 스토리를 더 들려주실 수 있을까요?

양단우 아, 남편 처음 만났을 때 진짜 열불 났거든요!

탈리타 어머, 첫 만남이 열불 나는 기억이라고요? 진짜 궁금하네요.

양단우 남편을 트위터에서 '기독당'이란 모임을 통해 알게 되었는데, 처음엔 그냥 존재하지만 모르는 사람, 팅커벨 같은 사람이었어요. 그냥 뒤에만 왔다 갔다 하고 그러던 사람이었고, 심지어는 자기가 봐둔 자매가 있으니까 배우자 기도해달라고 그랬어요. 그렇게 그냥 편한 사이, 정말 이성적인 관계는 아니었는데, 한번은 크리스마스 때 그 사람이 하우스 파티를 한다고 오라는 거예요. 그때 저는 친구랑 약속이 취소돼서 시간이 떠서 한번 가봤죠. 근데 갔더니 막 챙겨주는 거예요. 내 스타일도 아닌데.

탈리타 오, 크리스마스 파티에서 만나셨군요!

양단우 네네, 근데 진짜 제 스타일 아니었거든요. 그래서 챙겨주니까 좀 부담스러웠어요. 그리고 파티니까 간단한 핑거 푸드가 있어서 제가 한입 먹으려는데, "야, 너 굶었냐?" 막 이러면서 놀리는 거예요.

탈리타 네? 반말하는 사이었어요?

양단우 네, 이전부터 알고 있긴 했으니까. 근데 아니, 챙겨주는 건지 놀리는 건지 너무 화가 나는 거예요. 그래서 너같은 놈이랑 만나는 사람은 불쌍하다고 생각했는데, 어느샌가 제가 그런 인간이 되어있더라고요.

탈리타 (웃음) 너무 신기하네요. 이거는 좀 더 구체적으로 들어보고 싶은데, 그래서 고백을 그럼 당시에 남편분이 먼저 하신 거죠?

양단우 음, 그 이후에 1년 반을 안 봤어요.

탈리타 네? 그럼 트위터 상으로만 연락 주고 받은 거예요?

양단우 아니요, 안했어요. 아예 차단했어요. 당시에 차단을 해버렸었고, 1년 반 만에 차단을 풀었는데…

탈리타 아니? 차단을? 근데 1년 반만에 풀었다구요? 궁금한 게 많아지네요.

양단우 그냥, 차단한 사람이 너무 많아가지고, 한번은 굳이 이 사람을 차단할 필요가 있나 싶어서 그냥 푼 거죠. 풀었는데, 이제 서로 계속 연락을 하면서…

탈리타 아, 그때 그러면서 작가님도 뭔가 감정이 생겼나요?

양단우 바로는 안 생겼던 거 같아요. 왜냐면 트위터로 결혼한 커플이 있고 그랬지만, 그때 당시에는 부정적으로 생각했거든요. 온라인으로 만나면 얼마나 진솔하거나 진실될까 그런 생각이었죠.

탈리타 근데 이제 점점 마음이 열리게 된 걸까요?

양단우 점점 마음이 열렸다기보단 얘기하는 횟수도 많아지고 시간도 길어지면서 이 사람이랑 얘기하는 시간이 자꾸 기다려지는 거죠.

탈리타 그 사람이랑 얘기하는 시간이 기다려졌다. 그게 약간 나도 모르게 마음이 생기고 있었던 게 아닌가 그런 생각이 드네요. 그래서 어쨌든, 결국 결혼까지 갔네요. 이 사람이랑 결혼해야겠다라고 생각한 이유가 있을까요?

양단우 저는 절대 생각이 없었고요.

탈리타 아니, 그럼 정신 차려보니까 결혼을 했나요? (웃음)

양단우 아니요~ (웃음) 저희 연애한지 한 달 정도 밖에 안 됐었는데, 기독교 모임 같은 데서 보니까 너희 결혼해야겠다 이런 얘기를 많이 하셨거든요.

탈리타 아, 주변에서~

양단우 그래서 무슨 소리냐, 이렇게 무시하고 그냥 연애를 계속하는데, 이 사람이랑 결혼을 해서 살아도 똑같이 살 것 같다는 생각이 드는 거예요. 그래서 그때 마음이 조금 바뀐 것 같아요.

탈리타 그래서 그냥 어떻게 보면 결혼을 하게 되었는데, 그 사람은 변하지 않고 여전히 그렇게 10년째 연애하고 있는 느낌으로 살고 계시네요! 맞죠?

양단우 네네. (웃음)

탈리타 그럼 지금 이분과 13년을, 알았을 때부터 시작하면 15년이 될 수도 있겠네요. 그 시간을 함께 했는데, 앞으로 우리 남은 인생은 우리가 30대니까 못해도 50년은 되지 않을까요? 물론 우리가 언제 죽을지는 모르지만, 그래도 그냥 평균 수명으로 따진다면 80까진 살지 않을까요? 아직 많이 남았네요.

어쨌든 50년 이상이 남았는데, 한 사람만 사랑할 수 있다고 생각하시나요?

양단우 한 사람만이요? 음, 저는 가능하다고 생각해요. 사랑하는 지수, 게이지(gauge) 같은 게 있다면, 여러 상대마다 다르게 있을텐데, 지금은 이 사람이 1등 게이지에 있고, 그다음 2등에 저희 강아지가 있고, 이런 식으로 순위가 있어요. 그런데 지금은 이 사람이 1등에 있기 때문에 언제까지 함께 할 수 있지 않을까 해요.

탈리타 그렇군요! 한 사람만 사랑한다는 부분을 '1순위'로 생각한 부분이 공감 되네요. 자, 그러면 이제 5가지 사랑의 언어로 바로 넘어가겠습니다. 1번 인정의 말, 2번 봉사, 3번 함께 하는 시간, 4번 선물, 5번 스킨십. 한번 순위 매겨볼까요? 전 이게 사람마다 다 다르고 해서 재미있더라고요.

양단우 봉사! 봉사가 1번이고요.

탈리타 다음 순위는?

양단우 인정의 말, 함께하는 시간, 선물, 스킨십.

탈리타 오호, 그렇군요. 봉사가 어떻게 보면 섬김 같은 거잖아요. 그러니까 이 사람이 나를 섬겨줄 때 나를 사랑하는구나라는 느낌을 받고, 나도 내 사랑을 표현하는 방식이 섬김, 봉사라는 거죠.

양단우 그렇죠. 근데 봉사를 할 때 남편을 내가 사랑하는 사람이라고만 생각하면 잘 안되거든요. 이 사람이 내 아들이고 나의 자식이라고 생각하면 충분히 봉사할 수 있어요. 반대로 남편도 저를 딸이라고 생각하면서 봉사를 하는 거죠.

탈리타 오호, 흥미롭네요. 그럼 실제로 봉사는 어떤 걸로 많이 해요? 집안일? 아니면 어떤 게 있을까요?

양단우 음… 사소한 거요. 출근할 때 자고 있는 나에게 이불을 덮어준다든지.

탈리타 아, 이불 덮어주는 거, 그거 진짜 따뜻하고 포근하네요. 남편의 사랑의 언어는 혹시 알고 계신가요?

양단우 남편은 아마 함께하는 시간을 1위로 체크 할 거예요.

탈리타 단우님은 함께하는 시간이 3위인데, 5개 중에 3위는 사실 그렇게 높다고 볼 수 없잖아요. 왜 그럴까요?

양단우 그러니까 저는 북페어 같은 데를 가서 떨어져 있는 시간이 생기기도 하고, 남편도 공연 기획을 해서 왔다 갔다 이동하는 일이 많아서, 지방을 내려가고 하는데, 매일 대구에서 수원을 왔다 갔다 했어요. 저는 함께하는 시간이 3위인데, 남편은 1위였던 거예요.

탈리타 대구에서 수원을요? 그러니까 남편분은 진짜 함께 시간을 보내기 위해 엄청 노력을 하신거네요. 거기서 많이 고마움을 느꼈을 것 같아요.

양단우 이 사람이 나와의 관계, 그러니까 가정을 지키려고 하는구나 하는 것을 깨달았죠.

재미있는 사랑, 리누

책방 '그런 의미에서'는 나에게 참 특별한 공간이다. 지금은 행궁동으로 이전했지만, 그전엔 우리집에서 걸어서 10분이면 갈 수 있는 곳에 위치해있었기 때문에 언제든 편하게 갈 수 있는 나의 힐링 공간! 2023년 8월, 그날도 어김없이 내가 애정하는 책방에서 사장님과 사랑에 대한 이야기를 시작했다.

탈리타 안녕하세요. 이렇게 인터뷰에 응해주셔서 정말 감사합니다! 간단한 자기소개 부탁드려요.

리누 저는 '그런 의미에서' 책방지기 리누라고 합니다.

탈리타 제가 항상 처음으로 시작하는 질문이 있어요. 리누 사장님은 지금, 사랑하고 계시나요?

리누 (자신있게 바로) 네!

탈리타 좋습니다. (웃음) 그럼 사랑을 무엇이라고 생각하길래, 이렇게 바로 사랑하고 있다고 대답하신 걸까요?

리누 사랑을 뭐라고 딱 명확하게 정의하기는 되게 어려운 것 같아요. 사랑을 정의하긴 어렵지만, 제가 사랑을 하고 있다고 자신 있게 말할 수 있는 건, 제 아내가 저를 사랑하는 걸 느끼게 되었을 때 사랑하고 있다는 것을 알게 되었어요. 그게 제가 결혼한 이유이기도 하거든요. 딱, 어느 순간 느껴지는 거예요. 연애를 할 때 이 사람이 나를 좋아하는 만큼 내가 이사람을 좋아할 수 없겠다는 것을 느끼는 순간 결혼을 해야겠다고 생각했어요. 그리고 이게 사랑이구나라는 것을 느꼈는데, 이게 진짜 정의하기는 어렵잖아요. 이렇게 스토리로는 풀 수 있는데.

탈리타 어렵죠. 어려워요. 그래도 굳이 굳이 정의해보신다면?

리누 내가 사랑하는 것보다 그 사람이 나를 더 사랑해. 그래서… 아, 어렵네요. (웃음)

탈리타 맞아요. 괜찮아요. (웃음) 그럼 바로 다음 질문으로 넘어갈게요. 왜냐하면 다음 질문이 연결될 수 있거든요. 사랑을 정의하기는 어렵지만 사랑을 느끼고 있잖아요. 그럼 이걸 감정 단어로 하면 어떻게 표현할 수 있을까요? 행복함? 슬픔이 될 수도 있고, 즐거움 등 여러 가지 감정 단어들이 있는데, 어떤 감정이 제일 먼저 떠오르시나요?

리누 일단, 첫 번째는 재미있다!

탈리타 오, 재미있다!

리누 장난치는 게 재미있잖아요. 그 사람이랑만 할 수 있는 장난들이 있고요. 이거는 뭔가 활동적인 쪽의 느낌이고, 좀 잔잔한 것으로는 말도 없이 그 사람을 딱 바라봤을 때 행복을 느껴요. 행복한 사랑이죠.

탈리타 행복한 사랑! 이게 바로 다음 질문이랑 연결이 되어서 바로, 속도가 나네요. 다음 질문이 사랑을 생각하면 행복한 기억이 먼저 떠오르시나요, 아니면 아픈 기억이 떠오르시나요인데, 지금 대답으로 보면 바로 행복한 기억일 것 같아요.

리누 맞죠.

탈리타 그렇다면 그 행복한 기억에 대해 조금 나눠주실 수 있을까요?

리누 글쎄요, 음… 오늘 아침에도 장난치면서 일어났고.

탈리타 그죠! 그런거요.

리누 아무래도 사랑이라는 게 저는 결혼을 해서 또 다를 수 있지만, 그게 제일 좋은 것 같아요. 아침에 일어나서 장난치고 자기 전에 장난치는 거? 그게 가장 행복해요.

탈리타 맞아요! 저도 완전 공감. 저도 진짜 남편과 제일 좋을 때가 그럴 때인데, 오늘도 제가 나올 때 남편이 아직 자고 있는데, 자고 있는 남편한테 막 장난치고 "나 나갈 거야." 말하고 나왔거든요. 또 잘 때는 제가 주로 먼저 자는데, 남편이 그러면 자고 있는 저를 꼭 깨우는 건 아니지만 막 귀찮게 하거든요. 안기고 만지고… 근데 이런 것들이 저도 정말 행복인 것 같아요. 리누님은 주로 누가 먼저 주무세요?

리누 같이 잠들어요. 보통. 제가 늦게 퇴근해도 라비아가 웬만하면 기다리고 있고, 근데 눈 감으면 제가 먼저 잠들죠.

탈리타 그럼 일어날 땐 누가 먼저 일어나요?

리누 제가 안쪽에서 자고 라비아가 바깥쪽에서 자거든요. 근데 핸드폰은 바닥에 두고 자요. 그래서 제가 일어날 때 라비아를 깨워야 하죠. 어쨌든 같이 일어나거나 라비아가 먼저 일어나서 저를 때리거나 알람을 끄라고 막 그러죠.

탈리타 라비아도 부지런한가 봐요. 정말 행복한 상상을 하게 되네요. 아침 저녁에 장난치는 상상이죠. 정말 즐겁네요. 자, 그러면 다음 질문은 사장님의 사랑 스토리를 공유해달라는 건데, 이게 결국은 라비아와의 스토리를 좀 알고 싶어요. 이게 국제 결혼이라는 게 좀 특별한 거잖아요. 어떻게 만났고. 어떻게 결혼까지 하게 되었는지 나눠주실 수 있을까요?

리누 터키로 교환학생 가서 만났죠. 제가 아주 힘들 때 많이 도와줬던 사람.

탈리타 들었던 것 같아요.

리누 터키로 교환학생을 갔는데, 이제 말이 하나도 안 통하니까 너무 힘든 거예요. 갔는데 인터넷도 안되고 그래서 제가 인스타 스토리에다가 어떻게 인터넷 연결해야 하는지, 도움을 줄 수 있는지 올려놨는데 그때 라비아가 도와줬어요.

탈리타 그 인스타 스토리를 어떻게 봤어요? 팔로우 하고 있었어요?

리누 아, 그전에 터키를 갔다 왔던 분이 저를 한번 태그 해줬었는데, 다음에 터키 간다고. 그랬더니 그분 친구들이 막 팔로우를 엄청 걸더라고요. 그때 라비아도 저를 팔로우 했고, 그렇게 도와주다가 다음에 커피 한잔 사겠다 했고요. 거기선 친구가 많지 않으니까 라비아랑 계속 만나면서 지냈죠.

탈리타 교환학생으로 간 학교에 라비아도 학생이었던 거예요? 그 학교에?

리누 아니요, 다른 대학교 대학원생이었어요.

탈리타 그러면 어쨌든 이 부분에서 그냥 좀 더 궁금한 것들이 라비아랑 교환학생 가서 매일매일 그러니까 자주 만났는데, 그때의 일상을 알고 싶어요.

리누 아침에 어학당에서 터키어 수업을 들었어요. 그게 1시쯤 끝나면 그때 라비아가 제가 다니던 어학당 쪽으로 와서 같이 점심 먹고 카페를 가거나, 아니면 가장 많이 했던 건 볼링을 치는 거였어요.

탈리타 오, 볼링을?! 터키도 카페가 많아요?

리누 네, 엄청 많아요. 스타벅스도 되게 싸고요.

탈리타 그렇군요! 몰랐어요. 그럼 그다음에는 라비아와 어떻게 되었나요?

리누 그리고 다음에 라비아가 다시 한국으로 왔어요. 근데 좀 지내다가 코로나가 터져서 라비아가 터키를 못 가게 된 거예요. 그래서 4개월동안 우리 집에서 지내게 되면서 더 가까워졌죠.

탈리타 우와, 신기해요. 코로나가 두 분의 관계를 도왔네요. (웃음) 그럼 다음 질문으로 넘어가서. 이게 결혼한 사람들한테는 좀 특별한 질문이 될 것 같은데, 전 이 질문에 대한 다양한 생각을 듣는 게 재미있더라고요. 평생 한 사람만 사랑할 수 있다고 생각하시나요?

리누 지금 보니까 그런 것 같아요. 결혼하기 전에는 뭐 그런 거에 신경을 안 썼죠. 근데 결혼을 해서 보니까 가능해 보여요.

탈리타 이 부분에 있어서 불가능하다고 보는 사람들은 사람의 본성을 거스르는 일이다라고도 얘기했는데, 그 부분에 대해선 어떻게 생각하세요? 본성적으로?

리누 이건 사람마다 확실히 다른 거 같은데, 어쨌든 물론 한 사람을 똑같은 마음으로 계속 사랑하는 건 힘들겠죠. 똑같은 마음은 아니라 높낮이가 있겠지만, 그래도 제가 느낄 때는 지금 같은 상황이라면 한 사람만 사랑할 수 있겠다라는 게 느껴지죠.

탈리타 멋지네요. 자, 다음 질문으로는 사랑에 언어에 대한 건데요. 다섯 가지 사랑의 언어에 대해 들어보셨어요? 게리 채프먼이라는 박사님이 연구해서 쓴 책인데, 우리가 사랑을 표현하는 언어가 다섯 가지가 있는데 첫 번째는 인정해 주는 말, 두 번째는 봉사, 다음으로 시간, 아니면 선물, 마지막이 스킨십인데요. 그래서 이 다섯 가지 중에 우선순위를 매겨본다면, 리누 사장님의 사랑의 언어는 뭐가 1번인 것 같아요?

리누 음, 이게 순위를 정할 수는 있는데 제가 잘 지키지 못하고 있는 것 같거든요.

탈리타 그래요?

리누 첫 번째가 같이 있는 시간이요. 근데 못 지키네요. 시간이 너무 중요한데, 거의 못 만나니까. 라비아를 아침에 만나고 밤에 보고… 같은 집에 살아도 그래요. 그리고 두 번째는 스킨십, 세 번째는 인정해 주는 말, 네 번째가 봉사, 그다음 제일 마지막이 선물인 것 같아요.

탈리타 라비아의 사랑의 언어는 뭔 것 같아요? 이게 서로 맞는지 다른 지가 중요하더라고요.

리누 거의 비슷한 것 같아요.

탈리타 다행이네요. 이게 다른 커플들은 나는 사랑하니까 시간을 계속 보내는데, 그 사람의 사랑의 언어는 예를 들면 선물일 수도 있잖아요. 선물은 안 주고 계속 시간만 보내면 사랑이 유지되기 어렵더라고요. 그래서 내 언어도 알고 상대의 언어도 아는 게 정말 중요한 것 같아요.

희생, 아련한 기억의 이영주

영주 작가님의 첫인상은 '우아하다'였다. 북토크에서 처음 뵈었는데, 말씀도 조곤조곤 잘 하시고, 살짝 수줍은 미소를 연신 보이시던 그 모습이 기억이 난다. 그렇게 북토크에서 처음 만났는데, 그날 어쩌다 바로 '사랑'에 대한 이야기를 나누자고 제안을 했고, 멀지 않은 날짜를 잡아 우리는 교대역 근처, 점심시간을 활용해 만났다.

탈리타 안녕하세요! 간단하게 자기소개부터 시작할까요?

이영주 안녕하세요. 저는 초등학교 6학년 아이를 키우고 있고, 독립출판 작가로 활동하고 있는 이영주라고 합니다.

탈리타 반갑습니다. 이렇게 인터뷰에 응해주셔서 정말 감사드려요. 제가 항상 하는 첫 질문이 있어요. 인터뷰의 중요한 시작인데, 어떻게, 지금 작가님은 사랑을 하고 계시나요?

이영주 하고 있는 것 같아요. 안 하고 있을 때는 별로 없죠.

탈리타 사랑을 안 하고 있을 때는 오히려 없던 것 같다. 그렇죠. 그렇다면 자연스럽게 다음 질문은 사랑을 무엇이라고 생각하기에 지금 사랑을 하고 있다고 생각하시는 건지 궁금해요. 사랑의 정의라고 하면 너무 어렵지만, 정의라기보단 그냥 내가 생각하는 사랑은 어떤 것인지 얘기해 주실 수 있을까요?

이영주 사랑은, 그러니까, 음… 이성이든 자녀든 뭐든 희생을 할 수 있게 만드는 것이 사랑 같아요.

탈리타 오, 희생! 이것도 새롭네요. 그럼 우리 희생에 대해 더 얘기해 볼까요?

이영주 대학생 때부터 그렇게 생각한 것 같은데, 왜 그때는 주로 이성 간의 사랑에 대해서 생각을 하게 되잖아요. 그러면 보통 이렇게 남자들이, 요즘은 이렇게 말하는 사람은 별로 없겠지만, 자기 부모님한테 잘하는 여자가 좋다 뭐 이런 말을 하면은, 제가 그때는 대답했던 게 세상에 원래 그런 여자가 있는 게 아니라, 그 남자를 좋아하니까 그 부모님에게 잘하게 되는 게 아니냐고 대답했던 것 같아요. 그러니까 이게 어떻게 보면 희생이잖아요. 그런 것들을 감내하게 만드는 것이 사랑인 것 같아요. 그렇게 희생이 따르지 않는 것을 사랑으로 정의해버리면 사랑이 너무 흔해지는 것 같아요.

탈리타 그렇죠. 너무 많죠.

이영주 솔직히 그냥 어느 학원에 강의를 들으러 갔는데 그 강사가 너무 잘생겨서 좋아할 수도 있고, 책을 사러 갔는데 책방 사장님이 너무 멋있어서 설렐 수도 있는 거고… 그렇게 조금씩 좋아하는 감정은 솔직히 일상에 범람할 수밖에 없잖아요. 그렇지만, 이제 어느 정도 내가 그 사람을 위해 돈이나 시간 같은 거를 희생하게 만드는 게 사랑 같아요.

탈리타 맞네요. 저는 들으면서 "그렇게 하지 않으면 사랑이 흔해진다."는 말이 멋있었던 것 같아요. 어쨌든 사랑을 흔하지 않게 보시는 것도 있는 거잖아요.

희생이 동반되어야 하니까. 그래서 내가 하기 싫은 것도 하게 만드는 힘이라고 볼 수도 있을까요?

이영주 그런 것 같아요.

탈리타 그렇다면, 사랑을 희생으로 어느 정도 볼 수 있는데, 그거를 감정으로 표현해 본다면, 많은 감정 단어들이 있잖아요. 떠오르는 감정이 있으신가요?

이영주 예시는 없나요?

탈리타 있어요. (웃음) 즐거움, 기쁨, 행복함, 아니면 슬픔, 우울함, 화남도 될 수 있어요. 되게 다양한 감정을 느낄 수 있는데, 설렘도 감정 중 하나고요. 이런 다양한 감정 중에 혹시 제일, 그래도 사랑하면 이 감정이 나는 제일 맞는 것 같다는 것이 있을까요?

이영주 전부다 맞는 것 같아서… 다 한 번씩 겪게 되지 않을까요? 차례가 있을 것 같기도 해요. 설렘에서 슬픔까지 가는 게 있죠.

탈리타 단계가 있다?

이영주 음, 그래도 그 흔한 것들 중에 하나만 골라야 한다면, 설렘에서 출발하는 것 같아요.

탈리타 맞네요. 설렘이 출발이다. 그렇지만 아까 작가님이 얘기한 사랑의 희생적 측면에서 본다면 다른 감정도 있을 것 같아요.

이영주 분노? 화! 진짜 너무 좋아하면 화가 날 때도 있어요. (웃음) 요즘 인스타에서 유행하는 짤 중에 강아지를 보면서 "니가 너무 귀여워서 화가 나" 하는 게 있거든요. 저도 강아지를 키우는데 너무 공감이 되었어요. 강아지 보면 가끔 화가 나기도 하거든요. (웃음)

탈리타 오, 강아지 키우시는군요! 맞아 맞아요. (웃음) 너무 귀여운 걸 보면 어쩔 줄 몰라 하면서 이게 진짜 막 화라는 감정이 올라올 때도 있는 것 같아요. 그래서 사실 이 질문도 사랑을 하나의 감정으로만 표현 할 수 없으니까. 궁금했어요. 다른 사람들은 어떤 감정으로 사랑을 하는지. 근데 모든 감정이 다 느껴진다는 것도 정말 맞는 것 같아요.

이영주 맞아요. 복합적이죠.

탈리타 그럼 슬픈 것도 있고, 기쁜 것도 있고, 행복한 것도 있고, 아픈 것도 있을 텐데, 그래도 작가님은 사랑을 하면 제일 먼저 떠오르는 나의 이야기, 기억이 있으실까요? 그 기억이 행복한 기억 쪽이에요, 아니면 굳이 이분법으로 나누자면 아픈 기억 쪽이에요?

이영주 저는 아픈 거를 더 잘 기억하는 것 같아요.

탈리타 그럼 그 기억에 대해 조금 나눠주실 수 있나요?

이영주 정확히 이게 맞는지 모르겠는데, 저는 약간 아프고 혼란스러운 게 사랑이라고 생각하게 되는 이유가, 아니 이유라기보단 사례가 있는데… (망설임) 근데 이거 나중에 누가 보고 오해하는 거 아닐지 모르겠네요.

탈리타 한번 얘기해 보시고, 나중에 삭제도 가능합니다. (웃음)

이영주 그럼 대학생 때 얘기를 하고 싶어요. 제가 많이 좋아했던 남자분이 있었는데, 그 분의 고백을 거절하고 다른 사람을 사귀었던 적이 있었어요. 심지어 제가 좋아했던 사람이 저에게 더 진심인 것처럼 보였는데도 불구하고.

탈리타 둘 중에 덜 좋아하는 사람과 사귀었다고요?

이영주 네, 진짜 어렸던 때긴 한데 지금 생각해도 웃겨요. 저도 좋아하는 사람한테 고백을 받고도 거절해놓고, 그날 막 슬픔에 취해가지고 있었던 기억이 난

단 말이에요. 친구랑 노래방 가서 울고. 도대체 왜 그랬을까.

탈리타 그러게요. 왜 그러셨을까요?

이영주 저도 이유를 정확하게 모르겠어요. 워낙 어렸을 때 일이기도 하고. 나중에 한참 시간이 흐른 뒤에 무슨 영화를 보다가 약간 답을 찾은 것 같다는 생각이 들었던 적이 있는데, 『그 시절 우리가 좋아했던 소녀』 아세요?

탈리타 제목은 들어본 것 같은데, 보진 않았어요.

이영주 거기에 비슷한 사례가 나오거든요. 그 여주인공이 남주인공을 좋아하는데, 서로 되게 좋아하는데 남자가 사귀자고 한 걸 거절해요. 그래서 사람들이 다 왜 그랬을까 했는데, 나중에 한참이 지나서 결혼하기 전에 그 여자가 그 남자에게 전화를 해서, 내가 너를 좋아하는데, 너를 좋아한다고 해버리면 뭔가 아련한 사랑이 끝나는 게 싫었다고. 완벽한 사랑으로 끝날 수 없을 것 같아서 너와 사귀지 못했다고 하면서 끝났는데, 나도 저거였나 하는 생각이 들었어요.

탈리타 그러니까 이게 아픈 기억이라고도 말할 수 있지만, 약간 아련하고 이루지 못한 그런 느낌이네요.

이영주 서로 좋아하는데, 그 느낌과 상태를 깨고 싶지 않았나 봐요. 근데, 그럴 수 있다는 게 좀 이상하지 않아요?

탈리타 이상하지만 이해는 되는 것 같아요.

이영주 그러니까 뭔가 이렇게 막 서로에 대해서 행복하고 만족하고 그런 것보다 뭔가 이렇게 한숨이 나오고 마음이 어려운 것을 사랑에 가깝다고 생각하는 것 같기도 해요. 소설가 오스카와일드가 이런 말을 했대요. "남자는 어떤 여자와 함께해도 행복할 수 있다. 단 그녀를 사랑하지 않는다면." 이라고요. 안정된 상태보다는 뭔가 불안정하고 그래서 나다움이 깨지고 한숨이 나오는 그런 상태가 사실 '사랑'이라는 단어의 본질과 제일 잘 어울리는 거 아닐까요?

탈리타 재미있네요. 한숨이 나오는 기억이라. 그럼 이것도 사랑 스토리였지만, 나눠주고 싶은 다른 스토리도 있으실까요? 그냥 이건 제가 궁금해서. 결혼하신 분이니까 어떻게 남편을 만나셨어요?

이영주 일하다가 만났어요.

탈리타 아, 사내 커플?

이영주 대학생 때 인턴 하다 만났어요.

탈리타 아~ 그래서 빨리 결혼하셨다고 했구나.

이영주 네. 처음에는 친구로 지내다가 만나게 되었는데, 근데 그때는 왜 그렇게 좋아했는지. (웃음)

탈리타 그때를 한번 떠올려볼까요?

이영주 처음 만났을 때는 다른 사람을 만나고 있기도 했고 그냥 친구였는데… 근데 왜 이렇게 사랑 스토리가 안 아름다운 것 같지. (웃음)

탈리타 (웃음) 꼭 아름답지 않아도 돼요.

이영주 애매한 상태로 꽤 오래 지내다가, 일을 같이 하니까 주기적으로 만날 일이 생겨서 인연이 계속 이어지더라고요. 그렇게 여러 타이밍이 맞아서 사귀게 됐죠.

탈리타 그럼 결혼을 빨리 하셨다고 했는데, 연애 기간은 어느 정도였어요?

이영주 딱 1년이요.

탈리타 딱 1년이면 그렇게 길게 한 건 아니네요. 그럼 제

뭔가 이렇게 막 서로에 대해서
행복하고 만족하고 그런 것보다
뭔가 이렇게 한숨이 나오고 마음이 어려운 것을
사랑에 가깝다고 생각하는 것 같기도 해요.

가 결혼한 사람들에게 물어보는 건데, 이 사람과 결혼해야겠다는 확신이 든 순간이 있었는지. 저는 이 질문을 진짜 많아 받아봤는데, 어떠세요?

이영주 저도 그 질문 많이 받았어요. 근데 잘 모르겠어요. 그냥 그때는 너무 좋더라고요. 지금은 솔직히 잘 이해가 안 되는데, 그때는 막 다 필요 없고, 현실을 따지지도 않았죠. 그래서 보통 결혼하려면 사람뿐 아니라 여러 가지 현실적인 조건들을 어느 정도 봐야 한다고 하잖아요. 근데 그때 저는 어려서인지 진짜 아무 생각이 없었고, 그냥 이 사람이랑 같이 살아야겠다고 생각한 것 같아요.

탈리타 근데 저도 되게 비슷해요. 저희도 현실적인 조건으론 아무것도 없이 그냥 너무 좋아서, 진짜 무에서 시작했거든요.

이영주 진짜요?

탈리타 네, 대학원 졸업하자마자 결혼했어요.

이영주 진짜 비슷하네요. 정말 딱히 다른 이유는 없었던 것 같아요. 근데 그래서 약간 사랑이 영원하진 않다고 생각하게 된 게, 진짜 너무 좋아해 봤으니까. 꽤 오래 갔거든요. 그때는 남편이 출근해도 그 베개만 봐도 행복하고.

탈리타 오~~

이영주 막 그랬던게, 자꾸 싸우고 부딪히고 여러 가지 일들을 겪다보니까. 그제서야 그땐 왜 성격이나 궁합이라든가 안 봤을까 생각하게 되더라고요.

탈리타 그땐 그냥 정말 좋았던 거죠.

이영주 요즘엔 mbti가 유행해서 성격에 대해서 먼저 파악하는데, 예전에는 그렇지 않았잖아요. 그때는 제가 너무 순진했는진 모르겠지만, 사람마다 성격이 아예 다를 수 있다는 사실에 대한 개념조차 없었던 것 같아요. 그냥 잘 안 맞는 부분이 있으면 이 사람은 이럴 때 템포가 좀 빠르구나, 이런 건 못 참는 편이구나 하면서, 어떤 정도의 차이로만 생각했지 뭔가 사람이 아예 다른 사람일 수 있다는 생각을 못 했던 것 같아요. 뭐… 그냥 맞추면서 살아야죠. (웃음)

탈리타 오, 사실 이게 되게 자연스럽게 다음 질문이랑 연결이 됐는데, 그럼 '평생 한 사람만 사랑할 수 있나요?'라는 질문에는 '아니오'라고 대답하시겠네요? (웃음)

이영주 (웃음) 그렇죠. 사랑을 폭넓게 정의한다면 또 답이 달라질 수 있겠지만, 제가 여태 답해온 것에 의하면 그 질문에 그렇다고 하면 거짓말이니까. (웃음) 아니, 그런데 이 질문에 맞다고 대답하는 사람도 있어요?

탈리타 있어요!

이영주 몰라서 하는 소리 아닐까요~ (웃음)

탈리타 (웃음) 그럴 수 있죠. 근데 이게 평생 한 사람만 사랑 할 수 있냐는 질문에, 다른 분의 대답으로는 본성은 불가능하다. 하지만 노력을 하면 가능하고, 그게 사랑이라고 얘기하신 분도 있어요.

이영주 오, 가능해진다. 근데 그 노력이 사랑일까요? 그건 그냥 세상을 열심히 사는 사람의 노력과 비슷해 보여요.

탈리타 그럴 수도 있죠. (웃음) 노력은 사랑일까? 아닐까? 이것도 어렵네요. 갑자기.

이영주 음, 그런 것 같아요. 그니까 사랑을 어떻게 정의하느냐에 따라 다른 거죠. 사랑을 만약에 안정감이라든지 신뢰라든지 이런 식으로 생각하면 그 노력도 사랑이긴 할 텐데. 그 영화 있잖아요. 『우리도 사랑일까』라는 영화.

탈리타 잘 모르겠어요.

이영주 그런 영화가 있는데, 그게 딱 이런 내용이에요. 어떤 여자가 남편인가 동거인인가 하여튼 같이 사는데, 처음에는 진짜 미친 듯이 사랑하다가 권태로워져서 다른 남자랑 바람이 나고, 나중에 후회하는 내용이죠. 왜냐면 새로 만난 남자랑의 관계에서도 곧 다시 권태가 찾아오니까. 옛날 남자와의 일상이나 습관들을 그리워하면서 끝나는 건데, 영화가 되게 좋고, 사람들한테 되게 사랑을 많이 받는 영화예요. 유럽권 영화인데, 꼭 보세요. 인터뷰에 도움이 될 것 같아요.

탈리타 오, 『우리도 사랑일까』 맞죠?

이영주 맞아요. 근데 저는 약간 그런 영화를 봤을 때도 감동은 받지만, 그런 생각도 했어요. 저거는 그냥 노력이잖아. 약간 이렇게 관점의 차이도 있는 것 같아요.

탈리타 맞아요. 이게 관점의 차이로 사실 한 사람만 사랑할 수 있을까라는 질문의 답이 달라지는 것 같아요.

이영주 그러니까, 뭐 사람들이 결혼이라는 제도 하에서 그 사랑을 유지하기 위해 노력을 하는 게 맞고. 저도 그렇게 살고 있고요.

탈리타 저도 그렇게 살고 있죠. (웃음) 다음 질문은 사랑의 5가지 언어에 대한 건데, 이건 그냥 제가 되게 관심 있는 주제라서 막 물어보고 다녀요. 혹시 들어보셨어요?

이영주 아니요.

탈리타 이게 게리 채프먼이라는 박사님이 한 연구에서 우리가 사랑을 표현하는 언어를 다섯 가지로 정의해 본 거예요. 첫 번째가 인정해 주는 말, 그러니까 언어적인 사랑. 그리고 봉사, 행동으로 섬기는 것. 그리고 다음은 함께하는 시간, 아니면 선물, 마지막은 스킨십. 이렇게 다섯 가지예요. 이 다섯 가지가 다 있죠. 그래도 순위를 매겨 본다면?

이영주 잠깐만요. 어렵네요.

탈리타 어려울 수 있어요. 그러니까 그냥 단순하게 생각하면 본인이 사랑하는 사람을 위해 제일 많이 해주는 것, 그리고 내가 받았을 때 좋은 거를 생각해 보면 돼요. 지금의 남편이 뭐를 해줬을 때 제일 좋으세요?

이영주 선물? (웃음) 아니에요. 인정의 말이요. 그다음 순

서로는 선물, 스킨십, 봉사, 시간?

탈리타 그러니까 말로 많이 표현해 주는 게 중요하다는 거죠. 그래서 이게 되게 재미있으면서도 좋은 게 남편분의 사랑의 언어도 한번 물어봐 주세요. 그럼 이 사람이랑 나랑 사랑의 언어가 달라서 좀 싸웠다는 것을 알 수도 있거든요. 그래서 사랑의 언어를 맞춰가는 게 커플 사이에서 중요하더라고요.

이영주 전 이것도 왠지 안 맞을 것 같아요. (웃음)

탈리타 (웃음) 저도 남편이랑 안 맞아요. 그럼 추측해 보면 남편은 뭐 같아요?

이영주 아마 첫순서는 인정의 말일 것 같긴한데, 뒤에는 많이 다를 것 같아요. (웃음)

탈리타 재미있네요. (웃음) 그렇게 서로 알아가는 거죠.

결혼 이야기

유부녀로서 결혼한 사람들의 이야기를 듣는 것은 정말 재미있었다. 결혼한 사람만이 공감할 수 있는 부분들이 분명히 있고, 결혼을 했기 때문에 느끼는 공통적인 감정들이 있기 때문이다.

결혼한지 10년이라는 시간이 나와 비슷한데, 여전히 연애중이라고 표현한 단우 작가님, 신혼의 행복함을 전달해준 새신랑 리누 사장님, 결혼은 했지만 과거의 아련한 사랑을 생각하는 영주 작가님까지. 그들이 말하는 사랑 이야기는 내가 생각하는 사랑과 비슷한 듯 했지만, 또 많이 달랐다.

내가 여러 사람들에게 "평생 한사람만 사랑할 수 있다고 생각하나요?"라고 물어보고 싶었던 이유에 대해 생각해보았다. 난 그게 왜 궁금했을까? 결혼이라는 제도가 요구하는 사회적 원칙, 한 사람과만 맺을 수 있는 독점 계약. 나는 이 제도 안에서 나름 행복하게 한 사람과 살고 있으면서도 그냥 생각이 많아졌던 것 같다.

이 질문에 대한 정답은 없기 때문에, 이 책을 만드는 과정에서 정말 다양한 의견을 들을 수 있었다. 여러 사람들의 생각을 들으면 생각이 좀 정리될까 했는데, 전혀 그렇지 않다. 더 생각이 많아진다.

이런저런 많은 생각에도 불구하고, 자신있게 이야기 할 수 있는 것은 나는 결혼을 참 잘했다는 것! 나는 내 남편을 정말 엄청나게 사랑하고 있고, 평생 이 사람만 사랑하며 살 것이다!

Part 4.

일상, 그리고 수용

평범한 일상을 예술로, 커티스

수원의 '서른책방'에서 만난 순수한 청년. 아니, 이 때는 청소년이었지. 사랑에 대해 할 얘기가 많다고 했을 때부터 알아봤다. 정말 멋진 얘기를 들을 수 있겠구나. 이 책 속에 나오는 많은 사람들 중 가장 어린 사람이지만, 나이는 정말 숫자에 불과하다는 말을 증명하듯 그의 생각은 깊었고, 재미있었고, 아름다웠다.

탈리타 안녕하세요! 자, 바로 간단하게 소개부터 갈까요?

커티스 저는 군 입대를 기다리고 있는 20살, 정확히는 청소년 커티스입니다.

탈리타 청소년 (웃음) 좋네요! 그럼 1번 질문부터, 커티스 님은 지금 사랑을 하고 계시나요?

커티스 네, 사랑을 하고 있습니다.

탈리타 사랑을 하고 계신다고 말씀해 주셨는데, 그러면 사랑이 뭐라고 생각하시길래 사랑을 하고 있다고 대답하신 걸까요?

커티스 잘은 모르겠고, 더 겪어 봐야 알 것 같긴 한데, 예전에 제가 사랑에 대해 쓴 글에선 "스스로를 사랑하지 못하는 자에게 사랑이란 바그라진 모래처럼 바람에 쉽게 흩날려 놓쳐지는 마음이다."라고 했어요.

탈리타 오, 너무 아름다운 문장인데, 설명이 필요합니다.

커티스 스스로를 사랑하지 못해서 남을 사랑하지 못한 것 같아요. 나를 좋아해야 타인을 좋아해 줄 수 있는데, 나를 좋아하지 않으니까 타인을 아무리 좋아하려고 노력해도 결국 다 어긋난 방향으로 계속 향했던 것 같아요.

탈리타 아, 맞네요. 그래서 나를 사랑하지 못하는 자에겐 흩날리는 모래 같다고 표현하신 거군요. 근데 좀 전에 사랑을 하고 계시냐는 질문에 '네'라고 대답하셨잖아요. 그럼 지금은 나를 사랑하는게 되시는 걸까요?

커티스 음, 좀 어렵긴 한데, 제가 쓰고 있는 이 책(그 당시 출판을 앞둔 책을 들고)도 지나간 후회나 그런 내용이 많아요. 그런 후회가 저를 잠식했는데, 이 책도 어떻게 보면 그걸 털어내고 이제 저를 사랑하기 시작하는 첫 발걸음이 되는 거 같아요.

탈리타 아, 이 책이 시작점이 되는 거네요!

커티스 이제 책 출판을 앞두고 있으니까, 더 나를 사랑해 보려고 노력을 했고, 사랑하는 사람도 생겼습니다.

탈리타 오호, 제 책이 나올 즘엔 이 책이 이미 나와있을 테니, 그때쯤 베스트셀러가 되어 있는 걸 기대하겠습니다.

커티스 (웃음) 더 노력해보겠습니다.

탈리타 좋습니다. 그러면 다음 질문으로 넘어가서 사랑을 감정에 표현한다면, 어떻게 할 수 있을지, 그러니까 나를 사랑하지 못하는 자에게 사랑은 그냥 날아가는 마음 같다고 하셨는데, 그걸 감정 단어로 표현해 볼 수 있을까요?

커티스 단어로요?

탈리타 네, 전 사람들이 사랑을 어떤 감정으로 표현하는지 궁금하더라고요. 한 단어가 어려우시면 여러 단어를 말씀해 주셔도 돼요.

커티스 무기?

탈리타 무기? Weapon 말씀하시는 거 맞나요?

커티스 맞아요. 사랑은 무기가 될 수 있다고 생각해요. 사랑이라는 감정을 이용해서 상대를 공격할 수 있는 거죠.

탈리타 아, 사랑이라는 감정이 무기가 될 수 있다고, 그럼 무기 말고 다른 감정 단어는 없을까요? 잘 이해가 안 돼서요.

커티스 음…

탈리타 천천히 생각해요. 무기가 될 수 있다. 이거 되게 새롭네요. 좋은데요?

커티스 무기랑 반대된 걸 생각하고 있어요.

탈리타 무기의 반대말이요?

커티스 아, 따뜻하게 안아줄 수 있는 포근함?

탈리타 포근함! 너무 예쁜 단어죠. 정말 무기랑 반대된 느낌이네요.

커티스 사랑이라는 감정이 이렇게 두 가지로 좀 나뉘는 것 같아요.

탈리타 오호, 사랑의 양면성에 대해 이야기해주시는 것 같은데, 그렇죠? 좀 더 자세히 이야기해주실 수 있을까요?

커티스 제가 과거에는 스스로를 사랑하지 못했다고 했잖아요. 그때는 그래서인지 누군가를 사랑할 때 무기처럼 느껴졌어요. 나의 선택이 어긋날 때도 많았고, 상대를 생각한 행동이 알고 보니 스스로를 위한 경우일 때도 많았고, 내가 너를 사랑한다고 해서 너도 나를 사랑해야해, 라는 관계가 무기 같았어요.

탈리타 맞네요. 사랑이 무기다.

커티스 근데 또 더 얘기하자면, 뭐라고 하지? 낭만적인 사랑이라고 할까. 요즘 낭만적인 사랑이 사라졌다고 생각해요.

탈리타 낭만적인 사랑이 사라졌다?

커티스 이것도 제 책에 있는 내용인데… (책을 찾는다)

탈리타 천천히 찾아봐요. 왜 낭만적인 사랑이 사라졌다고 생각하는지 궁금하네요.

커티스 찾았어요. "이 시대의 사랑은 추울 땐 걸쳤다가 더울 땐 언제라도 벗을 수 있는 얇은 외투처럼 가볍기도 하며, 심장 박동보다 빠른 손가락 몇 번의 두드림을 통해 깊은 관계가 시작되고, 이별마저 손가락 몇 번 두드리며 끝내는 비낭만적인 시대가 되어가고 있다."

탈리타 손가락 몇 번 두드린다는 거는 핸드폰으로 관계를 시작하고 끝낸다는 거죠?

커티스 그죠. 심장 박동보다 빠르다는 건 섣부르다는 거죠. 이 얘기를 정말 하고 싶었어요.

탈리타 책에서 내용 찾은 김에 앞에 말한 무기에 대한 글도 찾아주세요.

커티스 좋아요. (책을 뒤적인다) "누군가 나를 사랑해 주었던 순간을 분명히 기억한다. 나에게 사랑의 마음을 내어주는 것이 분명 당연하지 않은데, 그 순간에는 당연하다고 여기며 살아갔다. 내가 당신을 사랑하듯 당신도 나를 사랑해 주는 것이 곧 관계의 기본 요소이자 신뢰라고 믿으며 살아갔다. 그렇게 나를 사랑해 주었던 사람이 하나 둘 떠나가고 나서야 그것은 결코 당연하지 않았다는 것을 느낀다."

탈리타 너무 멋있어요! 맞아요. 그러니까 질문으로 돌아가서 정리를 하자면, 커티스님이 느끼는 사랑이라는 감정이 무기 같다는 부분은 사랑을 당연하게 받아들일수록 이게 상대에게 무기가 될 수 있다는 거죠?

커티스 맞아요.

탈리타 그럼 아까 얘기한 양면성 얘기를 좀 더 해보고 싶은데, 반대로 그 사랑을 잘 누린다면 따뜻하게 안아줄 수 있는 포근함 같다고도 하셨는데, 그 부분도 더 설명이 가능할까요?

커티스 음, 관계에 있어서 익숙함을 숙적으로 여겨야 한다고 생각해요. 익숙해져서는 안 된다고 생각하는 거죠. 사랑이 익숙하지 않으면 계속 생각하게 되고, 내 행동을 스스로를 계속 돌아보면서 상대방에게 사랑을 표현하면 그게 쌓일수록 감싸준다는 생각이 들어요. 사색을 할수록 포근하게 감싸주고, 그러면서 익숙해지지 않는다고 생각합니다.

탈리타 오, 예술적인 표현이라서 인상 깊고, 정말 좋네요. 그러면 다음 질문으로 이어가서 사랑을 생각하면 기쁘거나 행복한 기억이 먼저 떠오르시나요, 아니면 아프거나 슬픈 기억이 있으신가요? 굳이 둘로 나눈다면?

커티스 음… 저는 둘 다 떠오르지 않아요.

탈리타 그럴 수 있죠.

커티스 평범한 일상이 먼저 떠올라요. 행복도 슬픔도 아닌 그 중간 어딘가, 평범하게 지냈던 기억이요. 근데 그 일상은 사랑하는 사람과의 일상이 아니라 사랑하는 사람으로 인해 달라진 나의 생활 패턴이 생각나요.

탈리타 예를 들면요?

커티스 취미를 공유했던 사람이니까, 산책 같은 습관들이 몸에 배면서 헤어지고 나서도 지속이 되는 것도 있고, 같이 책을 읽던 습관도 일상으로 자리 잡혔고, 그게 혼자가 되어서도 계속 해나가면서, 그렇게 자연스러운 것 같아요.

탈리타 아하, 이해가 됐어요.

커티스 행복한 기억을 떠올리면 행복하지 않은 일상이 슬퍼지고, 아픈 기억이 떠올리면 다시 사랑을 못할 것 같은 생각이 들 수 있는 것 같아요.

탈리타 오, 멋있네요.

커티스 그래서 새로운 사람을 만났을 때 과거의 행복했던 장면이나 아팠던 장면을 대입하면 더 사랑을 하는 것이 힘들다고 생각해요.

탈리타 맞네요. 사랑하는 사람으로 인해 일상이 바뀐다는 것 자체도 되게 아름다운 것 같아요. 뭔가 그 사람이 묻어나는 거잖아요. 내 일상에서. 좋네요! 그럼 이제 뭔가 커티스님의 사랑 이야기가 하나 듣고 싶습니다. 과거 사랑이든 지금 사랑이든, 스토리요.

커티스 음, 과거랑 현재 중에…

탈리타 둘 중에 책에 실려도 되는 내용으로 얘기해 주세요. (웃음)

커티스 그럼 현재의 사랑에 대해서… 아, 근데 혹시 이 질문 건너뛰고 이따가 마지막에 얘기해도 될까요? 생각을 좀 더 하고 싶어요.

탈리타 오케이, 그럼 바로 다음으로. 평생 한 사람만 사랑할 수 있다고 생각하시나요?

커티스 저는 사랑은 유리와도 같다고 생각해요. 유리잔에 물을 부으면 물이 그대로 있지만, 금이라도 가면 물이 쏟아지잖아요. 절대적인 유리는 없겠죠. 얼마나 단단한지에 따라 차이가 날 것 같아요.

탈리타 우와, 정말 멋진 비유네요!

커티스 내가 경도가 높은 유리잔이라면, 그 사람을 온전히 다 받아낼 수 있는 아주 단단한 유리잔인 거겠죠. 근데 내가 받아내는 게 힘들다, 물이 차갑고 뜨겁고 넘쳐흐르거나 깨져버리면 다 받아내지 못하는 거죠. 그러니까 이 질문은 그 사람이 그 사랑을 온전히 담아낼 수 있느냐에 따라 답이 갈릴 것 같아요.

탈리타 그러네요. 사람에 따라 다르겠어요.

사랑은 유리와도 같다고 생각해요.
유리잔에 물을 부으면 물이 그대로 있지만,
금이라도 가면 물이 쏟아지잖아요.
절대적인 유리는 없겠죠.
얼마나 단단한지에 따라 차이가 날 것 같아요.

커티스 온전히 받아들일 수 있는 단단한 유리잔이라면 평생 한 사람만 사랑할 수도 있고, 그렇지 못해서 나랑 안 맞거나 갈등으로 인한 관계에 금이 생기고 충격이 가해진다면, 평생 사랑할 수 없겠죠. 그래서 이 질문도 예, 아니오라고 대답하긴 어렵다고 생각합니다.

탈리타 제가 지금까지 들은 대답 중에 제일 멋진걸요? 다른 사람들은 그냥 단순하게 생각해서 예, 아니라고 단순하게 대답하기도 했는데, 즉석으로 생각난 거에요?

커티스 (쑥스러운 듯 웃으며) 네, 방금 막 생각했어요.

탈리타 와, 멋있다~ 자 그럼 다음 질문은 5가지 사랑의 언어에 대한 이야기인데, 이거 혹시 알고 계시나요?

커티스 아니요. 처음 들어봐요.

탈리타 게리 체프먼이라는 박사님이 연구하고 낸 책에 있는 내용인데, 사람이 자신의 사랑을 표현하는 언어가 다섯 가지가 있다고 해요. 인정의 말, 봉사, 함께하는 시간, 선물, 스킨십 중에 우선순위를 매겨주세요.

커티스 음, 1번은 봉사요. 사실 누구나 말은 그럴듯하게 할 수 있죠. 말은 멀리 떨어져 있어도 그냥 다 말할 수 있어요. 근데 봉사는 실제로 같이 있을 때 정말 사소한 것 하나하나 행동으로 나오는거잖아요. 예를 들어 여자친구가 그냥 문을 열고 나갔는데 문을 잡아준다거나.

탈리타 그럼 다음 순서도 매겨볼까요?

커티스 그다음은 인정의 말 같아요. 말을 어떻게 하느냐에 따라서 그 사람과의 관계가 계속될지 결정되기도 하니까요. 사랑이라는 감정을 쌓는데 필요한 말이 100가지라고 하면, 그 감정이 깨지는데 필요한 말은 10가지도 안된다고 해요.

탈리타 진짜 맞아요. 사랑을 깨뜨리는 말은 10가지도 안되죠.

커티스 사랑은 또 어떻게 보면 모래성 같다고도 느끼니까. 무너뜨리는 건 한순간이죠.

탈리타 맞아요. 그럼 다음 순위도 다 해봅시다.

커티스 세 번째는 시간, 그리고 스킨십 다음 선물이요.

탈리타 선물이 꼴찌네요?

커티스 여기서 선물이 물건만 말하는 거라면 전 제일 마지막이에요.

탈리타 그럴 수 있어요. 근데 어떤 사람은 진짜 선물로 사랑을 계속 표현하기도 해요. 그러니까 이게 정말 사랑의 언어가 사람마다 다른 거죠. 이걸 지금 여자친구한테도 한번 물어봐요. 상대의 사랑의 언어를 아는 것도 되게 중요하거든요. 자, 그럼 이제 미뤄놨던 질문으로 돌아가서, 가장 기억에 남는 자신의 사랑 스토리를 공유해 주실 수 있을까요?

커티스 그러면, 그냥 과거의 사랑을 얘기할래요. 제가 작년 크리스마스 딱 12시에 헤어졌거든요.

탈리타 어머, 크리스마스 12시에, 벌써 슬프다. 계속 얘기해 주세요.

커티스 크리스마스이브랑 크리스마스 날 데이트를 하기로 하고 연락을 주고받았어요. 근데 상대가 갑자기 할 말이 있대요. 여자들 촉이 되게 예리하다고 하지만, 남자들도 촉이 있거든요.

탈리타 그렇죠. 촉이 왔나 봐요.

커티스 그랬어요. 하필 크리스마스 날 그만 만나고 싶대요. 아마 그 친구 입장에서는 참고 만나보려고 했는데, 계획도 세워보고 하니까 못 만날 것 같았나 봐요. 만나서 웃을 수가 없으니까. 그렇게 해서 이제 이별을 통보받았죠. 그다음에 제가 1월 1일에 성인이 되고 나서 12시에 축하해달라고 연락을 했는데, 그 친구도 우리가 뭐 헤어졌지만 싫어하는 건 아니니까 너도 축하해 하면서 얘기를 주고받았단 말이에요. 근데 그때 제가 술에 많이 취해 있었어요. 그래서 제가 막 구질구질하게 다시 만나면 안 되냐고 얘기를 했었죠.

탈리타 재밌다. (웃음)

커티스 크리스마스 때는 나중에 보면 가볍게 인사하자, 너도 좋은 사람 만나고 나도 좋은 사람 만나자라고 쿨한 분위기였는데, 제가 찬물을 끼얹은 거예요. 그렇게 서로의 성인이 되는 날을 망쳐버렸죠.

탈리타 재미있는데, 뭔가 아쉽다. 아쉬움으로 끝나네요.

커티스 그때의 나로 돌아가면 좋겠어요.

탈리타 돌아간다면?

커티스 그 친구에게 마지막으로 하고 싶은 말은 “앞으로 축하할 일만 가득했으면 좋겠다.” “행복만 했으면 좋겠다.”라고 멋있게 끝내고 싶어요. “너는 충분히 그래도 되는 사람이다."라고도 말해주고 싶고요.

탈리타 오, 더 멋있네요. 크리스마스에 헤어지고 1월 1일 성인 되는 날 구질구질하게 매달린 재미있는 스토리!

커티스 이런 재미있는 스토리가 있어야죠~

탈리타 (웃음) 뭐 좀 아시네요.

‘나’를 사랑하는 블루미

이 책의 표지 디자이너인 블루미님! 그녀와의 인연도 벌써 5년이 넘었다. 그동안 많은 대화를 해보았고, 서로에 대해 어느 정도는 알고 있다고 생각했는데, 사랑에 대한 이야기는 달랐다. 블루미님의 새로운 이야기, 멋진 사랑에 대한 생각을 들을 수 있었던 특별했던 초가을의 어느 날, 우리의 대화는 홍대 근처 어느 카페에서 진행되었다.

탈리타 안녕하세요. 간단히 자기소개부터 시작할까요?

블루미 안녕하세요. 저는 탈리타님의 오랜 지인이자 북디자이너로 일하고 있는 블루미입니다.

탈리타 첫 질문은 항상 이렇게 시작해요. 블루미님은 지금, 사랑하고 계시나요?

블루미 음… 생각을 해봤는데, 대상에 따라 답이 좀 갈릴 것 같아요. 제가 나눈 카테고리는 나인지, 타인인지 답을 나눠서 하자면, 타인에 대한 사랑은 하고 있지 않은 것 같아요. 하지만 놀랍게도 나에 대한 사랑은 하고 있는 것 같습니다.

탈리타 오, 나에 대한 사랑을 하고 있다. 좋습니다! 그러면 블루미님은 나와 타인을 구분 지어 사랑을 얘기해 주셨는데, 작가님이 생각하는 사랑이 뭐길래, 타인은 지금 사랑하지 않는 것 같고, 나는 사랑하고 있다고 대답해 주셨을까요?

블루미 저는, 사랑은 타인의 침범을 허락하는 것 같아요.

탈리타 오, 타인의 침범을 허락한다. 멋있다!

블루미 근데 지금은 제가 허락하는 타인이 없어요. (웃음)

탈리타 (웃음) 없군요.

블루미 좀 웃기긴 한데, 지금은 약간 타인에 대해서는 좀 노관심 시기이고 그러니까 혼자서의 삶을 좀 즐기고 있고, 그러면 사랑, 나에 대한 사랑은 어쨌든 하고 있는 것 같아서 제가 떠올린 정의는 그렇습니다.

탈리타 타인의 침범을 허락한다. 그럼 나는 타인이 아니니까, 나를 침범하는 것이 아니니까, 나를 사랑하는 건 항상 허용되는 걸까요?

블루미 음, 항상은 아닌 거 같아요. 나에 대한 사랑은 나를 긍정하는 거니까.

탈리타 나를 긍정한다. 어떻게 보면 나를 받아들인다. 이런 느낌이네요.

블루미 맞아요.

탈리타 그러니까 블루미님은 지금 내가 나 자신을 받아주고 있는 그런 상태인 것 같아요.

블루미 그렇습니다.

탈리타 그렇다면 그것을 감정으로 표현해 본다면? 우리가 많은 감정 단어들이 있잖아요. 이제 그런 감정으로 나를 사랑하는 것을 표현해 본다면 어떤 감정인 것 같으세요?

블루미 아, 감정으로… (갑자기 웃음) 아니, 이거 진짜 최근 들어 처음인 것 같은데… (계속 웃음)

탈리타 (웃음) 아니, 왜 웃으시죠?

블루미 아니, 이거 민망한데, 나 좀 멋있는 것 같아서요. (웃음)

탈리타 멋있게 느껴질 수 있죠! 어떤 점이 멋있게 느껴지신 걸까요?

블루미 진짜 살면서 이런 얘기 꺼내놓는 건 처음인데…

탈리타 괜찮아, 괜찮아요.

블루미 지난 저의 삶의 궤적과 제가 해온 연애도 그렇고, 뭐랄까. 굉장히 다이내믹한 사건들이 있었는데, 그걸 어쨌든 다 잘 견디고 무사히 지나와서 지금의 내가 됐다는 것에 이제 약간 자부심이 들어요.

탈리타 자부심!

블루미 뭔가 외부의 조건이랑은 상관없이 나라는 사람에 대해서 좀 만족하고 있는 그런 느낌이 지금 저도 굉장히 생겨하거든요.

탈리타 오, 뭔지 조금 알 것 같아요. 저도 요즘 나 자신에 대해 약간 만족하는 마음이 생긴다고 했잖아요. 그러면 이걸 아까 우리가 감정으로 표현해보자고 했을 때 자부심, 혹은 만족감 이런 것을 사랑이라고 할 수 있을까요?

블루미 네, 저는 완전히 그렇다고 생각해요. 약간 수용, 허용, 긍정이라는 감정도 사랑에 가까운 것 같고요.

탈리타 그러니까 이게 연결이 되네요. 타인의 침범을 허락한다는 것과. 타인을 허용하는 것, 타인을 긍정하는 것이 지금 블루미님은 그 시기는 아닌데, 나 자신은 허용하고 긍정하는 시기다. 맞죠?

블루미 그러네요. 그래서 지금 삶에 만족감을 느끼고 있는 것 같고, 근데 아직 타인에 대한 수용은 지금 시기가 아닌 것 같아요. 잘 모르겠다. 지난 연애의 기억을 돌아보면, 결국은 사랑이라는 것이 완전한 타인, 다른 사람을 온전히 내 삶에 받아들이는 거라고 생각이 들어서 그렇습니다.

탈리타 그러면, 이제 사랑의 기억이라는 말이 딱 나왔잖아요. 이게 지난 연애일 수도 있고, 아니면 연애가 아니어도 사랑에 대한 많은 기억들 중에 행복한 기억이 먼저 떠오르시는지, 아니면 좀 슬픈 기억, 아픈 기억이 더 있는 것 같은지, 그 기억에 대해 나눠주실 수 있을까요?

블루미 저는 안타깝게도 후자예요. 아픈 기억이 먼저 떠올라요.

탈리타 그 기억이 어떤 기억인지 얘기해 주실 수 있나요?

블루미 다이내믹한 연애의 역사라서 그런지 약간 돌이켜보면 내가 온전하지 않은 상태에서의 연애가 결국은 끝이 날 때 아픈 기억으로 끝이 났던 것 같거든요. 그동안 있었던 시간이랑은 상관없이, 어쨌든 모든 연애는 시작과 끝이라는 게 있잖아요.

탈리타 그러니까 모든 연애의 시작과 끝이 있는데, 그 끝이 아픈 기억으로 자리 잡고 있나 봐요. 그렇죠?

블루미 맞아요.

탈리타 어떻게 보면 그래서 지금 타인을 허용하지 못하는 게 아닐까 하는 생각도 드는데, 맞을까요? 아픈 기억이 지금 타인을 수용하는 데 있어서 장애물이 되고 있는 건 아닐까.

블루미 음, 아무래도 거리낌이 있는 것 같아요. 물론 좋은 사람을 만나면 얘기가 달라질 수도 있지만, 지금 어떤 사람이 있다고 했을 때, 내가 온전히 저 사람을 받아들일 수 있는가에 대한 의문이 좀 있어서. 그거에 대한 검증이 되면 모르겠는데, 아무튼 그래요. 지금 상태는. 이래놓고 사람 일은 어떻게 될지 모르죠.

탈리타 그럼요. 이 책이 나올 즘엔 타인을 사랑하고 있을 수도 있고.

블루미 (웃음) 그죠. 인생이란 알 수 없으니까.

탈리타 자, 그럼 바로 다음 질문으로! 이건 그냥 제가 궁금하더라고요. 평생 한 사람만 사랑할 수 있을까. 그래서 다른 사람들은 어떻게 생각하는지 궁금해서 이 질문을 넣어봤어요.

블루미 다른 사람들은 어떻게 답했어요? 궁금하다.

탈리타 근데 다양한 답을 받고 있어요. 진짜 이 질문엔 답이 없어요.

블루미 근데 저는 일단 'No'예요. 어쨌든 우리 사회의 제도가 결혼이라는 것을 하면 한 사람과의 관계에 종속이 되는 거잖아요. 그러니까 저는 이게 약간 선택과 책임이라고 느껴지거든요.

탈리타 선택과 책임이다!

블루미 솔직히 결혼하고 나서도 다른 사람 보면서 저 사람 괜찮다고 생각할 수 있잖아요. 거기서 선택을 하는 거라고 생각해요. 지금 내가 기존에 가지고 있는 관계에 대한 신뢰를 선택하느냐 아니면 그 관계에 대한 책임을 버리고 이제 떠나느냐의 문제죠. 전 그래서 드라마나 영화에서 각종 에피소드가 나오잖아요. 결혼한 상태에서 불륜을 하는 장면이나 이런 게 나오면, 관계에 대한 책임은 어떻게 하고 저러는 걸까라는 생각이 들긴 해요.

탈리타 아무튼 그래도 답은 'No'다? 드라마나 영화에 나오는 불륜을 보면 저 사람들은 관계에 책임을 지지 않는 것처럼 보이는데, 하지만 평생 한 사람만 사랑할 수 있냐는 질문에 'No'라고 대답한 거라면, 그 사람들도 한편으로 이해되는거 아니에요?

블루미 끌릴 수는 있어요. 감정은 그럴 수 있는데, 어쨌든 행동은 잘못했다.

탈리타 감정과 행동을 분리하는 거군요.

블루미 어쨌든 행동을 하고 선택을 해서 책임을 지는 거니까, 그런 점에서는 잘못을 한 거죠.

탈리타 맞아요. 사실 이게 진짜 답이 없는 문제라서 평생 한 사람만 사랑할 수 있냐에 대한 다양한 답을 제 책에서 보실 수 있을 거예요.

블루미 재미있겠다.

탈리타 벌써 마지막 질문, 사랑의 언어에 대한 질문인데, 들어보신 적 있나요?

블루미 아니요, 처음 들어 봤어요.

탈리타 제가 인터뷰할 때마다 설명을 하긴 하는데, 게리 채프먼이라는 상담가이자 박사님의 연구에서 우리가 사랑을 표현하는 방식, 언어에는 다섯 가지가 있다. 그 언어를 이렇게 정의해본 거예요. 인정의 말, 봉사, 함께하는 시간, 선물, 스킨십. 그러니까 이 다섯 가지를 다 할 수도 있고, 보통 다 하죠. 다 하는데, 5개 중에 내가 가장 많이 사용하는 언어는 무엇일까.

블루미 어렵다.

탈리타 다섯 가지 중에 내가 사랑하는 사람이 생겼을 때, 이거는 나와의 사랑은 아니고 타인과의 사랑에서 어떻게 표현하는지, 반대로 어떻게 표현 받기를 원하는지, 언어인지 행동인지 등등. 이런 걸 말하는 거예요.

블루미 그러면 저는 1순위는 말.

탈리타 언어적 표현, 인정의 말이죠.

블루미 두 번째는 시간, 함께하는 시간이 중요하고, 다음이 봉사, 다음은 스킨십, 마지막이 선물인 것 같네요.

탈리타 이게 제가 왜 이 질문을 하기도 하냐면, 사랑을 하는 사이에는 서로의 사랑의 언어를 아는 게 되게 중요하더라고요. 서로의 관계를 좀 더 건강하게 세워가는데 사랑의 언어가 중요해서, 인터뷰에 한번 넣어봤습니다.

‘나’를 사랑한다는 것

사랑의 대상은 다양하다. 사람이 될 수도 있고, 동물, 식물, 물건, 어떤 행동, 상황, 그리고 '나' 자신도 그 대상이 될 수 있다.

나에게 있어 '나'를 사랑하자는 생각은 참 오래된 숙제 같은 말이다. 모범생으로 살았던 청소년기, 남들 보기에 멋진 삶을 누렸던 나의 전성기 20대에도 나는 '나'를 사랑한다는 말을 쉽게 하지 못했다. 공부도 잘하는 편이었고, 어느 정도 인기도 많았지만, 이상하게 나는 '나'를 사랑하자는 말이 그렇게 어려웠다. 뭔가 항상 결핍된 것 같았고, 만족스럽지 못했다. '나'를 사랑한다는 것이 어떤 건지도 잘 이해하지 못했던 것 같다. 하지만 많이 아팠던 20대의 끝자락과 30대의 시작. 그때를 지나며 오히려 '나'를 사랑하는 것에 대해 깨닫게 되었다.

'나'를 사랑한다는 건 어떤 걸까. 나를 있는 그대로 받아들이는 것. 블루미님이 얘기한 것처럼 나 자신을 긍정하는 것. 내 모습을 좋아하는 것. 내 삶에 만족하는 것. 지금은 내가 과연 이렇게 할 수 있을까?

나는 나를 사랑한다. 아직 자신 있게 말할 수 있는 정도까진 아니지만, 그래도 이렇게 글로 남겨보고 싶다. 나는 내 생김새가 좋고, 내 성격도 좋고, 나라는 존재를 긍정하며, 나를 있는 그대로 받아들이려고 노력 중이다. 내 삶에 만족하는 것… 이건 아직 잘 모르겠다. 그렇지만 결국 내가 가고 싶은 지향점이 자족하는 삶이긴 하다.

우리는 살면서 많은 대상을 사랑한다. 하지만 정작 나를 사랑하는 것엔 소홀할 때가 많은 것 같다. 하지만 나를 사랑하지도 못하면서 다른 대상을 진정으로 사랑할 수 있을까? 그게 정말 가능할지, 생각해 보게 된다.

Part 5.

즐겁게 성장하며

나를 성장시키는 사랑, 오수민

수원에 있는 독립책방 '오평'은 내가 정말 좋아하는 공간이다. 사랑에 대한 인터뷰를 한창 진행중이던 2023년의 여름, 나는 오평의 검정 바테이블에 앉아 노트북을 쳐다보며 그날 진행했던 인터뷰 내용을 정리하고 있었다. 사장님께 내가 준비하고 있는 책에 대해 설명했는데, 크게 관심을 보여주셔서 그 자리에서 바로 즉흥적으로 인터뷰 요청을 드리게 되었고, 그렇게 우리의 대화가 시작되었다.

탈리타 안녕하세요! 먼저 간단한 자기소개 부탁드립니다.

오수민 안녕하세요. 저는 오평의 책방지기 오수민이라고 합니다.

탈리타 반갑습니다! 저의 인터뷰에 흔쾌히 응해주셔서 정말 감사드려요. 첫 번째 질문은 사랑의 정의에 대한 건데, 그전에 먼저 시작 질문입니다. 오사장님은 지금 사랑하고 계시나요?

오수민 그럼요! 언제나, 늘 하고 있죠!

탈리타 오, 사랑하고 계시군요! 그러면 사랑이 뭐라고 생각하시기에 지금 사랑하고 있다고 자신 있게 대답하신 건지, 궁금해요. 사실 사랑이라는 것 자체가 워낙 하나로 정의 내리기 어려워요. 근데 그냥 지금 딱 떠오르는 것. 이걸 깊이 생각하면 끝도 없어서 그냥 가볍게 떠오른 사랑의 정의에 대해 얘기 해주세요.

오수민 음, 너무 어려운데…

탈리타 단어로 표현해도 되고, 느낌이라든지…

오수민 저는 제가 사랑하는 것이 잘 자랐으면 하는 마음이 드는 게 사랑이라는 생각을 요즘 들어서

했어요.

탈리타 사랑하는 상대가 잘 자란다!

오수민 그 상대가 사람이든, 동물이든, 식물이든지. 어쨌든 내가 식물을 키울 때 죽지 않고 잘 자랐으면 하고 동물도 마찬가지로 강아지를 키울 때 그렇고, 사람이랑 사랑을 해도 저는 이 사람이 더 좋은 사람이 되고, 더 잘 됐으면 좋겠고 약간 그런 걸 바라고 있다는 것을 깨달았어요.

탈리타 진짜, 그 사람이 잘 되고 잘 자랐으면 한다는 표현이 엄청 예쁘네요.

오수민 잘 자랐으면 하는 마음이 사랑 같다는 게 사람에 국한된 것이 아니니까요.

탈리타 맞아요. 저의 책도 사랑을 꼭 이성 간의 사랑에만 국한 짓고 싶지 않아요. 그럼 잘 자랐으면 하는 마음을 이제 감정으로 생각해 본다면, 어떤 감정인지 묘사해주실 수 있을까요?

오수민 감정이라…

탈리타 그냥 우리가 흔히 생각하는 감정 단어 있잖아요. 기쁨, 슬픔, 설렘, 편안함, 이런 기본적인 단어들로 표현한다면 나에게 느껴지는 감정이 뭘까요?

오수민 저는… 신뢰, 믿음? 그러니까 제가 받는 사랑도 신뢰가 있었으면 좋겠고, 제가 주는 사랑도 그 사람이 나에게 신뢰를 했으면 하는 느낌이 있어요.

탈리타 신뢰라… 그러니까 뭔가 이것을 감정으로 연결한다면, 제가 딱 들었을 때 다가오는 것은 든든함? 뭔가 다른가요? 믿음이라는 것을 느낌으로 표현한다면 어떤 것일지가 궁금해서요.

오수민 너무 재미있네요. 그러게요. 믿음이나 든든함이라기 보다 안정? 안심되는, 돈독함? 이런 거요!

탈리타 아~ 안정적인!

오수민 안정적인 종류의 믿음인 것 같아요!

탈리타 그런 느낌으로 사랑을 느끼고 계시군요! 좋습니다. 그럼 다음 질문은 사랑을 생각하면 행복한 기억이 먼저 떠오르시나요? 아니면 아픈 기억이 있으신가요? 그 이유는 무엇인지 가능하시다면, 그 기억에 대해 나눠주실 수 있을까요?

오수민 저는 안 좋은 쪽으로 먼저 떠오르는 것 같아요.

탈리타 부정적인 기억이 떠오른다. 혹시 이유에 대해서도 나눠주실 수 있나요?

오수민 그게 뭐, 어쨌든 연애를 하면 헤어지고 동물을 키워도 헤어지게 되고, 저는 언젠가는 사랑하는 것들과 헤어진다고 생각을 해요. 그래서 지금 사랑하는 사람하고도 헤어질 것이라는 생각을 하고 있고, 앞으로 사랑할 사람과도 헤어질 것이라는 생각을 하고 있어요. 식물을 새로 들여도 언젠간 죽겠지 하는 생각을 먼저 하는 것 같아요.

탈리타 언젠가는 죽겠지. 진짜 좀 슬프네요.

오수민 하지만, 갈 것을 알지만 오는 것을 막을 수 없는 것도 사랑이라고 생각을 하는 거죠.

탈리타 오, 갈 것을 알지만 오는 것을 막을 수 없다니… 정말 멋있네요! 그렇다면 이제 가장 기억에 남는 본인의 사랑 스토리 하나만 공유해 주세요.

오수민 제가 덕질을 되게 오래 했는데~

탈리타 오! 덕질도 사랑이죠~

오수민 그럼요. 엄청나게 큰 사랑이거든요. 좋아하는 연예인한테 편지를 써주고 싶은데, 너무 평범할까

봐 더 예쁘게 써주고 싶어서 캘리그라피를 배웠어요. 그리고 그 사람의 집을 그림으로 그려주면 너무 좋을 것 같아서 민화를 배웠고요. 그리고 그 사람이 해외 활동을 많이 해서 거기서 나오는 방송을 바로바로 보고 싶어서 다른 나라 언어도 공부까지 했어요.

탈리타 외국어 공부까지! 와, 정말 큰 사랑이네요!

오수민 그렇죠. 그 사랑이 그 사람보다 결국 저를 발전시킨 거죠. 나라는 사람을 성장하게 해준, 그래서 그 사람이 더 사랑스러운 거죠. 나를 성장시켜준 사람이니까. 그거에 대해 오히려 고마움을 많이 느껴요. 저는 진짜 엄청 고맙고 그래서 편지도 많이 썼어요. 저는 이게 덕질의 순기능이라고 생각해요.

탈리타 순기능이죠! 저는 그렇게까지 덕질 해본 적은 없는데…

오수민 저는 제가 소박하게 덕질 한다고, 라이트한 덕질이라고 생각을 했는데, 친구들은 아니라고 하더라구요. (웃음)

탈리타 민화를 배우고, 캘리그라피를 배우고, 외국어 공부까지 했는데, 소박하진 않죠. (웃음)

오수민 근데, 진짜 그 사람 덕분에 내가 성장을 했잖아요. 결국 남는 건 나한테 있는 거죠. 그래서 고마워요.

탈리타 고마움을 갖고 있다니, 좋습니다! 그럼 다음 질문으로 넘어갈게요. 이것도 깊이 생각하면 끝없이 깊어질 수 있지만, 그냥 가볍게 평생 한 사람만 사랑할 수 있다고 생각하시나요?

오수민 아니요!

탈리타 단호하시네요. (웃음) 좋습니다. 그럼 단호하신 이유를 들어볼까요?

오수민 근데 이게 너무 어려워서… 아니다. 사랑할 수 있을 것 같아요. 한 사람만 평생! 그런데 사실 저는 상대방에 대한 믿음이 없어요. 전에 깨어진 경험이 있기도 하고 그래서 그런지… 그치만 그래도 저는 덕질 오래 한 것처럼 한 사람만 좋아할 수 있다고 생각을 해요.

탈리타 그렇죠. 가능할 것 같긴한데…

오수민 근데 그 사람은 그렇지 않을 것 같아서… 그럼 '아니오'라고 대답하면 안되는건가? 모르겠네요. 평생 한 사람만 사랑할 수 있는 생물체는 강아지밖에 없다고 생각해요.

탈리타 맞네요. 주인만 보잖아요.

오수민 강아지는 진짜 주인에게만 충성하니까, 평생! 인간은 사실 그러기 힘든 존재인 것 같아요. 그래서 저도 할 수 있을 것 같다고 말했지만 사실 못할 것 같기도 하고… (웃음)

탈리타 (함께 웃음) 재미있네요.

함께, 즐겁게! 개띠랑 유니버스

이름만 들어도 긍정 에너지가 뿜뿜 풍겨나는 '개띠랑 유니버스'는 내가 너무 좋아하는 세 명의 작가님들(개띠랑, 다솜, 두루)이 함께 유쾌할 수 있는 콘텐츠를 제작하는 종합 크리에이터 팀이다. 주로 단둘이 진행했던 인터뷰와 달리 세 사람과 진행하는 사랑에 대한 대화는 어떨까, 걱정 반 기대 반으로 카페에 갔다. 하지만 나의 걱정이 쓸데없었다는 것을 증명하듯 그날의 대화는 재미있었고, 훈훈하면서 유익했다.

탈리타 안녕하세요. 개띠랑 유니버스를 이렇게 인터뷰할 수 있어서 영광입니다. 먼저 간단하게 자기소개부터 시작할까요? 개띠랑님이 리더이시죠? 리더부터 할까요?

개띠랑 안녕하세요. 개띠랑 유니버스에 개띠랑입니다. 저는 저 말고도 이렇게 두 분과 함께 일을 하고 있고, 그리고 저는 빵 먹는 걸 좋아해서 전국으로 빵 여행을 다니면서 책으로 기록하고 유튜브 영상으로도 기록하고 있습니다.

탈리타 우리 유명한 개띠랑님! 감사합니다.

두루 안녕하세요. 저는 개띠랑 유니버스에 두루라는 이름으로 활동하고 있는 작가이고, 작년 10월에 『어느 날 문득 잘 살고 싶어졌다』라는 책을 냈습니다. 우울과 불안이 심했던 시기에 글쓰기로 많이 극복을 했고 이제 그 마음들을 더 잘 나누고 싶은 사람입니다. 그래서 앞으로도 좋은 글쓰기 또는 좋은 사람들과 좋은 이야기로 함께 하고 싶습니다.

탈리타 감사합니다.

다솜 저는 개띠랑 유니버스의 다솜이고요. 느껴온 감정들을 모아서 기록하는 내 감정 기록가이고, 『모든 감정 도감』을 썼습니다. 그리고 사랑을 주고 사랑

을 받는 것에 집중하면서 살고 있는 작가입니다. 그리고 탈리타님이 부르시면 무조건 달려와야죠~

탈리타 크~ 의리의 다솜!

다솜 (웃음) 그렇습니다. 의리! 감사합니다.

탈리타 자, 이제 긴장을 푸시고 바로 첫번째 질문으로 들어갈게요! 지금 다솜님과 두루님과 개띠랑님은 사랑을 하고 계시나요?

두루 오, 왠지 그 질문일 것 같았어.

탈리타 뭐, 돌아가면서 먼저 하고 싶으신 분이 말씀해 주세요.

두루 제가 할게요. 두 분 긴장 하셨으니까. (웃음) 저는 사랑하고 있는 것 같고요. 그게 뭐 비단 연인뿐만 아니고, 저는 주변 사람들, 뭐 사람들뿐만 아니라 주변과 나 자신과 모두 다 사랑을 하고 있는 것 같아요. 예전에는 사랑을 하고 싶었지만 못했는데, 지금은 하고 있는 것 같아요. 예를 들면 고양이나 가족, 연인 지금 만나고 있는 분도 있고. 그런 것들을 하고 있는 것 같아요.

탈리타 좋아요. 이런 거 좋아요. 꼭 연인과의 사랑 물어보는 거 아니거든요. 나를 사랑하는 거든, 세상을 사랑하는 거든, 연인이 될 수도 있고요. 이런 의미로 두 분은 사랑을 하고 계시나요?

다솜　저는 이름 뜻이 사랑이라는 뜻이거든요.

탈리타　오! 다솜이?

다솜　네, 다솜이 옛말로 사랑이라는 뜻인데, 사랑을 주고 사랑을 받으라고 이 이름을 엄마 아빠가 지어주셨어요. 그런 의미에서는 사랑을 하고 있는 것 같아요. 나는 비롯해서 세상과, 항상 누군가와 함께 있는 삶을 추구하기도 하고, 그래서 항상이요.

탈리타　오, 항상 사랑을 하고 있는! 진짜, 다솜이 사랑이니까. 사랑을 하고 계시네요! 우리 개띠랑님도 사랑을 하고 계시나요? (긴장한 모습의 개띠랑) 안 하고 있다고 얘기해도 돼요. 근데 그럼 인터뷰 진행이 어려울 것 같지만. (웃음)

다솜　(다같이 웃음) 인터뷰 종료!

두루　안 하고 있는 사람의 생각도 중요하죠. (웃음)

탈리타　맞아요. 사랑을 안 한다면 내가 왜 사랑을 안 하는 가도 생각해 볼 수 있죠.

개띠랑 근데 저는 세상을 살아가면서 사랑을 하지 않은 적이 없었던 것 같아요. 그냥 다~

탈리타 오, 멋있다!

개띠랑 사람들을 만나도 다 저는, 먼저 다가갈 때도 있고 다가오는 사람도 있지만, 그냥 다, 그대로 받아들이고 그래서 사랑하고 있는 것 같아요.

탈리타 좋습니다. 그럼 세분 다 사랑을 하고 계시군요. 그렇다면 어떻게, 왜, 그러니까 내가 사랑을 뭐라고 생각하기 때문에 사랑을 하고 있다고 말을 할 수 있는 건지. 내가 생각하고 있는 사랑에 대한 개념, 이게 정의라고 하면 너무 어렵거든요. 정답이 없으니까, 그냥 생각나는 대로 말씀해 주세요.

다솜 함께 있는 것.

탈리타 함께 있는 것!

다솜 네, 그러니까 함께 있는건데, 그러면서 '나'라는 존재를 인식하고 '우리'가 함께 있는 것도 알아차렸을 때, 뭔가 그게 바로 사랑이지 않을까라는 생각이 들어요.

탈리타 맞네요.

다솜 그래야 주고받고 할 수 있으니까. 만약 내가 주기만 하면 그게 사랑이 안될 수도 있으니까.

탈리타 주고받는 것, 함께 하는 것이 사랑이다. 자, 이 생각에 동의하시나요?

개띠랑 음, 그거랑!

탈리타 그거랑?

개띠랑 그거 플러스~ 마음도 중요하다고 생각합니다. 어쨌든 마음이 저만 맞는다고 그게 되는 건 아니잖아요.

탈리타 주고받는 것, 거기에 덧붙여서 마음이 중요하다.

개띠랑 네, 진심이요.

탈리타 진심 같은 마음이 사랑이다.

개띠랑 그게 서로 안 맞으면 막 부담이 될 수도 있고 그렇잖아요. 마음이 안 통하면 불편하고. 그런 게 있어야지 사랑이지 않을까?

탈리타 함께 있고, 마음을 주고 받는 것, 진심. 이런 것이 사랑인데, 그럼 두루님은요?

두루 저는 가끔 두 가지 생각이 드는데, 하나는 나보다 소중하게 여겨질 때. 그러니까 내가 먹는 것보다 어떤 존재가 먹는 것이 더 걱정되고.

탈리타 아, 신경 쓰이고~

두루 그렇죠. 예를 들면 고양이가 건강한지, 내 건강보다도. 타인에 대한 사랑인 경우에는 더 소중한 거고. 나에 대한 사랑은 뭔가 나를 인정하는?

탈리타 나를 인정해 줄 때!

두루 그런 것 같아요. 내가 나를 있는 그대로 인정해 줄 때, 그런 게 뭔가 사랑인 것 같아요. 요즘에는 제가 나 자신을 사랑하려고 노력을 하는데, 그게 출발인 것 같아요. 그냥 나를 인정하는 것. 나는 이렇게 생겼고, 나는 이런 성향이고.

탈리타 맞아요.

두루 내 성격은 이렇다. 그게 다른 사람한테 피해가

되지 않는 선에서는 있는 그대로 나를 인정해 주고 하지만, 내가 좀 바뀌고 싶고 변하고 싶다면 그런 것도 나를 인정하는 것에서 출발할 수 있잖아요.

탈리타 음, 변화도 있는거고요?

두루 그렇죠, 변화도 인정하는 데서 출발한다고 생각하거든요. 그래서 타인에 대한 사랑은 가끔 나보다도 더 소중히 여겨질 때, 나는 나를 인정할 때.

탈리타 두루 작가님이 요즘 나를 인정해 주기 시작하셨다고 했는데, 그래서인가 되게 더 멋있어지신 것 같아요. (웃음)

두루 그게 저도 외적인 것을 떠나서, 제 자신을 인정하기 시작하면서 좀 성숙해진 것 같아요.

다솜 얼굴이 좀 편안해 보이는 건 있어요.

탈리타 맞아요.

다솜 인상이 바뀌니까 더 좋아 보이는 것 같기도 하고.

탈리타 진짜, 제가 느낀 멋있어졌다는 것도 그거였어요. 인상도 뭔가 바뀐 것 같고.

두루 좀 더, 뭐랄까. 나를 있는 그대로 받아들이니까 더 자연스러워지고, 오히려 뭔가 더 나아질 수 있고 그러다 보니까 그게 자연스럽게 보이는 것 같고 그래요. 그래서 어쨌든, 사랑이라는 것은, 나 자신에 대한 인정.

탈리타 있는 그대로 받아들여주고. 그렇죠. 혹시 최근에 그렇게 된, 이렇게 생각하시게 된 계기가 있으신 걸까요?

두루 음, 계기요? 글쎄요. 저는 사실 글쓰기를 하면서 그러니까, 그전에는 사랑을 떠나서 인간 자체가 싫었어요. 안좋을 때는. 근데 점점 글쓰기를 통해서 내 마음을 다독였고, 그게 이제 책을 만든 기점부터 점점 나아지기 시작해서, 이제 또 이분들이랑 또 일을 같이 하기 시작하면서 이분들의 덕도 많았던 것 같고요.

탈리타 오~

두루 이분들이 제가 가지지 못한 면들이 많이 있었기 때문에, 이분들을 보면서 내가 여태까지 너무 폐쇄적으로 살았구나 이런 생각도 하고, 그러니까 이게 사랑을 떠나서 인간적으로 사람을 대하는 것도 잘 몰랐거든요. 근데 이분들이 되게 주변에 이렇게 잘 베푸시는 거, 잘 지내시는 것도 보면서 많이 배우기도 했고. 그러면서 또 자연스럽게 퇴사도 하고.

탈리타 그죠, 퇴사라는 것도 있었고.

두루 그때를 기점으로 또 많이 바뀌었던 것 같아요. 뭔가 더 나 다운 모습을 찾게 되고, 이제 자유로워졌다 보니까 그렇죠. 그런 것도 있고, 모든 게 잘 어우러졌던 것 같아요.

탈리타 책도 만들고…

두루 책도 만들고, 이분들이랑 일도 함께 하고, 여러 사람도 만나면서 점점 더 나를 알아가고 인정해 주기 시작했던 것 같아요.

탈리타 올해가 되게 특별한 한 해겠어요.

두루 그렇죠. 저는 진짜 인생에서 가장 기억에 남을 것 같아요.

다솜 2023년!

두루 2022년에서 23년~ 그렇죠.

탈리타 그러네요. 어떻게, 두분은 두루 작가님께 긍정적인 영향을 미친 사람들로서, 두루님의 변화를 느끼셨나요?

다솜 네, 엄청!

개띠랑 엄청!

다솜 약간 이런 느낌 같아요. 이렇게 막 꾸겨졌다가 (냅킨을 손으로 마구 구긴다) 이런 게 이렇게 펴지는 느낌이요. 이게 그러니까 나를 보호하기 위해 이렇게 (몸을 수그린다) 훅 하고 있다가 확 (몸을 펴면서) 펴지는 느낌이 들었어요. 옆에서 지켜볼 때.

탈리타 지켜보기에도 그런 변화가 보였다. 그런 변화가 어떻게 보면 결국 나를 사랑하는 것에서부터 시작된 것이라는 부분이 인상 깊네요. 그 안에 사랑이 있었던 거죠.

두루 그런 것 같아요. 나를 받아들이고 인정해 주는 것. 구겨진 종이처럼. 이 표현이 맞아요.

다솜 이 과정에서 이게 펴지는 과정이 막 한 번에 쫙 펴져서 여기 이게 (구겨진 냅킨을 보며) 막 깨끗해지진 않죠.

탈리타 아니죠.

다솜 이 과정을 봤으니까.

개띠랑 (깨끗해지려면) 다시 태어나야 돼.

다솜 (웃음) 이게 처음부터, 막 부딪히고 이런 부분도 있었거든요. 저희도 일을 하다 보니까. 근데 그마저도 뭔가 저 사람은 지금 저 상태네, 이런 게 보여요. 그래서 그냥 그 과정 중인 것 같아요.

탈리타 음~ 과정 중!

다솜 저희도 뭔가 새로운 인물과 일을 할 때, 각자가 일했던 방식이 다르니까, 그걸 있는 그대로 나의 방식대로 투영을 하게 되잖아요. 그래서 왜 이렇게 못하지?라고 생각했던 부분도 이거는 사실 두루 작가님뿐만 아니라 개띠랑 작가님과 일을 할 때도 똑같이.

탈리타 그렇게 세분이 맞춰가신 과정이 있군요.

다솜 그죠. 그 과정도 보고 또 더 나아지고.

개띠랑 그리고 말씀도 해주셨어요. 두루님이 약간 우울해 있을 때, 지금 상태가 좀 우울하다. 이렇게 먼저 말씀도 해주시고 그래서 그냥 그걸 더 지켜본 것 같아요.

탈리타 있는 그대로.

다솜 그렇게 먼저 얘기를 해주시니까, 저희도 뭔가 무슨 일이 있으면 그런 상태라고 얘기하고, 그러면 우리는 이런 상태에서 어떻게 해야 할까 이런 얘기를 나누고 하니까, 우리가 어떻게 나아갈지 이야기를 하는 게 좀 있었던 것 같아요.

두루 이런 것들이 뭔가 이게 나로서 인정하는 것도 있지만, 팀으로서 또 그게 있는 것 같아요. 그냥 있는 그대로 서로를 인정하는 것. 우리 지금 현상태를 인정하는 거고. 그럼 어떻게 하면 되냐를 얘기하는 게 앞으로 더 나아가는 방향이 된 거죠.

탈리타 그러니까 뭔가 이게 사랑이랑도 연결이 되는데, 아까 두루님이 얘기하신 대로, 그러니까 서로 팀 안에서도 있는 그대로 인정해 주니까 그것도 어떻게 보면 사랑이 아니었을까 해요. 지금 듣다 보니까.

두루 그렇죠, 저는 사실 이 팀도 사랑하거든요. 그게 사랑의 개념이라면.

다솜 맞아요.

탈리타 있는 그대로 받아들여주는.

서로 팀 안에서도 있는 그대로 인정해 주니까
그것도 어떻게 보면 사랑이 아니었을까 해요.

그렇죠, 저는 사실 이 팀도 사랑하거든요.

다솜　　안그러면 못해.

두루　　그렇죠. 저도 당연히 애정이 있으니까. 그러니까 팀으로 열심히 하는 거죠.

개띠랑　아니었으면, 잉! 하고 "저희 인터뷰 안 해요!" 이렇게 했겠죠. (다같이 웃음)

두루　　(웃으면서) 그렇죠. 사랑하지 않았다면 이걸 왜 같이 하겠어요.

개띠랑　죄송한데, 따로따로 불러주세요. (웃음)

다솜　　이게 또 마찬가지죠! 우리가 같이 책을 만들어본 시간*이 있으니까. 탈리타 작가님까지 이렇게 함께 사랑이 되는 거죠.

탈리타　아, 저까지~ 감동입니다.

다솜　　그럼요. 우리가 함께 한 그 세월이 있으니까.

개띠랑　그때 저는 책 만들 때, 이렇게 세 분이 부러웠거든요. 진짜 뭔가 으쌰 으쌰!

탈리타　진짜, 함께 할 수 있는 팀이 있다는 게 힘이죠!

*다솜, 두루, 탈리타는 서른책방 '나만의 책 만들기' 클래스 동기(9기)로 책 만드는 과정을 배우며 함께 했다.

개띠랑 서로 잘하고 있어요 하면서, 근데 저는 그때는 혼자 만들었거든요. 그래서 이렇게 다솜님 바라보면서, 저 사람도 만드는데 나도 만들어야지! 했어요. (웃음)

탈리타 맞아요. 서로! 이게 팀이라는 게 주는, 팀 안에서의 사랑 이런 것도 되게 끈끈한 주제로 뭔가 연결이 되네요.

다솜 재미있네요. (웃음)

탈리타 자, 그러면 우리가 사랑이 무엇이라고 생각하는지에 대해 이야기를 나누어봤는데, 제가 다음으로 궁금한 건, 게다가 우리 다솜님은 감정 박사이시잖아요!

다솜 박사? 그렇죠! (다같이 웃음)

탈리타 감정 박사님께 꼭 물어보고 싶은 질문인데, 사랑을 감정으로 표현한다면, 무슨 감정으로 표현할 수 있을까? 아주 다양한 감정일 거 아니에요. 그러니까 한 감정은 아닐 거예요. 그러면 가장 먼저 떠오르는 감정을 말해주세요. 『모든 감정도감』 책이랑도 연결될 것 같은데…

다솜 딱 먼저 떠오르는 건 설레다?

탈리타 그렇죠. 설레다.

다솜 설레다를 시작으로, 기쁘고 즐겁고 또 그 끝에는 행복하다도 있는데, 그게 막 그 사랑이 강도의 차이가 있잖아요. 그게 주고받는 과정에서 좀 실망할 때도 있을 것 같고.

탈리타 실망하다라는 감정.

다솜 너무 기대를 하는 부분이 있으면 실망하거나 아니면 또 어느 부분을 걱정할 때도 있는 것 같아요. 뭔가 이 사랑을 잘 지키고 그러니까 모든 다양한 분야의 사랑을 잘 유지하려면 걱정도 있을 것 같고, 불안하기도 할 것 같고, 하지만 이렇게 또다시 주고받고 하다 보면 즐겁고.

탈리타 즐겁다! 신나다!

다솜 이런 부분들이 다 있지 않을까 싶어요.

탈리타 진짜, 딱 다솜님 감정 도감 책을 생각하니까, 거기에 정말 많은 감정들이 나열되어 있는데, 어떻게 보면 사랑 안에 그 감정들이 다 들어있을 수도 있지 않을까라는 생각이 지금 얘기 들으면서 들었어요.

개띠랑 화나는 부분도 있고요.

다솜 슬픔도 있고, 그 속에는 진짜 다 들어있을 것 같아요.

탈리타 그럼 두 분은 사랑의 감정을, 꼭 『모든 감정도감』 속 감정이 아니어도 두 분의 언어로 표현을 하면 어떤 감정일까요?

개띠랑 사랑하면…

두루 좀 더 고민하시겠어요? 그럼 제가 먼저…

개띠랑 네네~ (웃음)

두루 저는 당연히 아까 말씀하신 것처럼 모든 감정을 느낄 수 있을 거라고 생각해요. 근데 저는 하나만 딱 뽑아보라면 걱정.

탈리타 걱정 되는~

두루 걱정되는 때가 많은 것 같아요. 더 소중한 존재일수록 저는 항상 걱정이 기반이 되는 거예요. 그러니까 자꾸 연락하게 되고, 자꾸 생각나고, 그러니까 자꾸 하나라도 더 얘기를 해주고 싶고요. 하나라도 더 챙겨주고 싶은 거 있잖아요. 예를 들면 밥을 먹었는지가 걱정 되는 거죠.

탈리타 지금 부리*가 걱정되고 있나요?

두루 저 안 그래도 지금 고양이 얘기하려고 했어요.

탈리타 아하~

두루 걱정되죠. 이제 지금 밥은 먹었나.

탈리타 집에 혼자 있으니까.

개띠랑 그리고 궁금하기도 한 것 같아요.

탈리타 오, 궁금한!

개띠랑 걱정되기도 하고, 또 궁금하기도 하고 그러니까 뭐 물어보고 그런 게 아닐까요?

탈리타 궁금해하는 감정인 거죠.

개띠랑 관심인 거죠. 좋아하면 모든 거에 다 관심이 생기잖아요.

탈리타 맞아요.

*부리는 두루가 키우는 고양이 이름이다.

개띠랑 그래서 다 찾아보게 되고, 물어보고 막 그런 거니까. 궁금함!

탈리타 그러네요. 그러면 아까 다솜님은 사랑할 때 설렘과 기쁨, 즐거움을 먼저 표현해 주셨잖아요. 근데 우리가 사랑을 생각했을 때, 많은 추억들이 있을 거 아니에요. 그 추억 중에 나는 사랑을 떠올렸을 때 즐거운 추억이 먼저 생각나는지, 아니면 아픈 추억이 먼저 생각나는지. 굳이 두 가지의 추억으로 나누어본다면, 나눠주실 수 있는 추억이나 기억이 있으실까요?

두루 저는 좋은 기억이 먼저, 그중에서도 나눌 수 있는 게 있다면, 지금 딱 생각나는 건…

탈리타 맞아요. 지금 딱 생각나는 걸로!

두루 20살 때 그냥 친구였어요. 친구가 군대를 먼저 갔거든요. 엄청 일찍 갔어요. 근데 걔가 편지를 보낸 거예요. 저한테, 진짜 그냥 이런 데다가.

탈리타 냅킨에다가?

두루 노트 같은 거 찢은 종이에. 나는 뭐 이렇게 지내고 있고. 어쩌고저쩌고 이렇게 편지를 보낸 거예요. 밖에 있는 사람한테. 근데 저는 그게 딱 떠올랐어요. 그게 사실 얘를 막 엄청 좋아해서 그런 게 아니라, 그냥 마음이잖아요.

탈리타 그 편지 안에 담겨 있던 사랑의 마음?

두루 그냥, 그렇죠. 제 생각이 났던 거잖아요. 힘드니까.

탈리타 힘들 때 생각났다!

두루 안에서 생활하기도 힘들 텐데, 편지를 굳이 굳이 써가지고 주소까지 알아내서 보낸 게, 그런 것들 그 과정이 고맙기도 하고…

탈리타 그게 어쨌든 좋은 기억인 거네요.

두루 그렇죠. 그런 좋은 기억이 많은 것 같아요. 저는 이게 결과, 받았다는 행위 자체가 아니라, 그 과정이 좋은 것 같아요. 그 힘든 과정에서 이거를 찢어서 굳이 굳이 보내는 그 마음. 저는 여태까지 살면서 그런 기억이 되게 많아서 좋은 것 같아요. 다른 예를 들면 누가 꽃을 사주거나. 꽃을 사러 가서, 더운 날씨에 가서 고르고, 주문해서 이렇게 오는 것 그 과정이 그런 기억이 좋게 남아있는 것 같아요.

탈리타 그 마음을, 행위가 아닌, 그 안에 담겨 있던 사랑의 마음을 생각하니까 너무 좋은 거죠. 되게 따뜻해지는 것 같네요.

두루　이걸 그냥 기대도 안 했고, 설령 기대했다 하더라도 그게 내가 기대했으니까 그런 게 아니라 이 마음이 계속 기억에 남는 것. 이게 되게 감사한 마음이구나 해요.

탈리타　두 분은요? '사랑'이라고 했을 때 떠오르는 기억, 나눠주실 수 있는 추억이 있을까요?

다솜　저는 즐거운 기억이 떠오르는데요. 근데 그 기억이 너무 많아서 하나를 생각해 보면, 잠깐만요.

개띠랑　저도 즐거운 기억이 더 떠오르는 것 같아요.

탈리타　뭔가 세분은 진짜 딱 공통점이 있는 게, 제가 이 질문을 했을 때, 의외로 사랑을 했을 때 행복한 기억보다 슬픈 기억을 나눠주신 분들도 많았거든요. 근데 세분은 뭔가 딱 즐거운 기분이 먼저 떠오르는 게 느껴져요. 기분 좋은 느낌이 딱 공통적으로 있어요.

다솜　그럼 저 먼저, 갑자기 떠오른 거는 어렸을 때 가족들이랑 판다 월드, 에버랜드의 판다 월드를 갔던 게 생각이 나네요.

탈리타 푸바오~ 그땐 푸바오는 아니었겠지만…

다솜 갑자기 그 생각이 뭔가, 어린 시절의 기억인데도 남아 있는 것 같아요. 어렸을 때 같이 뭔가 가족들이랑 많이 놀러 다녔던 것 같아요. 그 기억들이 쌓여서 누군가가 무엇을 했을 때도 더 빠르게 이렇게 즐거움을 느끼는 것 같아요.

탈리타 어렸을 때 가족과 함께 했던 그 사랑의 추억들, 즐거웠던 시간이 떠오르시는군요.

다솜 그런 게 이제 같이 뭘 하면 재미있다는 거가 베이스에 깔리니까, 그게 커서도 뭔가 누군가와 같이 하고 싶고 그런 느낌이지 않을까 하는 생각이 들어요. 비눗방울 총을 안 사줘서 막 심술 잔뜩 부리고, 왜 안 사주냐고 막 이렇게 하는 기억도 있는데, 이제 그마저도 재미있고, 뭔가 사랑스러운 기억으로 생각이 드는 거죠.

탈리타 어릴 때의 기억이 떠오르셨네요. 개띠랑님도 하나 고르셨나요?

개띠랑 엄마가 어깨가 아프셔서 여기 정형외과 병원을 왔었거든요. 근데 그 병원에 있는 동안 언니랑 제가 여기 막 돌아다니다가 여기 카페를 발견했는데, 너무 맛있어서 엄마한테 말해줬더니 엄마도 엄청 맛

있다고 그러는 거예요. 그래서 기분이 너무 좋아서 막 아빠한테도 말해주고, 여기서 밥도 먹고 그런 적이 있거든요. 근데 그 장소에 다시 이렇게 와서 이야기 나누니까 좋아요.

탈리타 이 카페와 연결된 기억이네요! 좋아요. 얘기를 들으면서 내가 맛있고 좋은 거를 알았을 때 사랑하는 사람한테 막 소개해 주고 싶고, 그 사랑하는 사람과 그거를 함께 했을 때 느껴지는 즐거움의 추억이 떠오르신 것 같아요!

개띠랑 근데 탈리타 작가님도 이 카페를 알고 계신 거였잖아요. 그래서 엄청 신기했어요.

탈리타 저도 여기 좋아해서 부모님 모시고 온 적도 있고 그랬어요. 여기가 사랑하는 사람과 공유하고 싶은 장소인가 봐요.

다솜 진짜 좋은 것 같아요.

탈리타 자, 그럼 다음으로 넘어가서, 이 질문은 그냥 제가 궁금해서 물어보기 시작했는데, 세분은 평생 한 사람만 사랑할 수 있다고 생각하시나요?
(셋 다 별 망설임 없이 고개를 끄덕인다.)

두루 그럴 수 있다고 생각하고 싶네요.

탈리타 오, 그럼 세분 다 평생 한 사람만 사랑할 수 있다고 생각하시는 거네요? 왜죠?

다솜 저는 제가 좋아하는 게 있으면 엄청 파거든요. 그러면 그 상대가 생기면 이제 파겠죠. 파고 또 파고, 그게 쭉 이어질거고요.

탈리타 쭉 이어진다. 그 사람을 좋아하게 되면 쭉 이어져서 평생 갈 수 있을 것 같다는 거죠. 그럴 수 있어요.

두루 저는 사랑하는 존재가 변하는 게 아니라, 사랑의 형태가 바뀔 것 같아요.

탈리타 사랑의 존재는 그대로인데, 형태가 바뀌어서 그게 평생 가는 거다.

두루 그렇게 믿고 싶기도 하고, 그러고 싶기도 하고요. 그때그때마다 내가 줄 수 있는 마음이 다르잖아요. 내 상태도 다르고, 그의 상태도 다르지. 환경도 달라지고 갑자기 내가 당연히 벌다가 못 벌 수도 있고, 못 벌다가 또 잘 벌 수도 있고, 그렇지만 그 존재는 그대로 있잖아요. 내 옆에 사랑하는 사람이 그대로. 근데 그게 이제 그 상황에 따라서 형태는 달라지는 거죠. 내가 마음이 좀 가난할 때는 많이 못 줄 수도 있고, 마음이 여유로울 때는 많이 줄 수도 있고, 그렇지만 그게 이 사람을 사랑하지 않는다는 건 아닌 것 같아요.

탈리타 내 마음의 상태에 따라 달라질 수 있지만, 그렇죠.

두루 잘 못해줄 수도 있지만, 그것이 그때 상대에게 해줄 수 있는 사랑이고, 내가 여유로우면 여유로울 때 해줄 수 있는 게 또 사랑의 다른 형태인 것 같아요. 그렇지만 노년의 사랑은 또 다르잖아요.

탈리타 그렇죠.

두루 노년의 사랑은 정말 친구 같을 수 있고, 저는 아직 안 해봐서 모르겠지만, 그때도 그 사람과 그때 할 수 있는 사랑을 하게 되는, 그래서 저는 그냥 그렇게 늙어갈 것 같아요.

탈리타 평생 한 사람만, 그렇게 다양한 형태로, 형태는 바뀌겠지만 계속 사랑하면서 살고 싶은 마음 같아요.

두루 지금은 그런 마음이 되게 커서 더 잘하게 되는 것 같아요.

탈리타 그분에게? (웃음)

두루 그분? (웃음) 네, 아~ 뿐만 아니라 내 주변 모두~

탈리타 주변의 존재들에게~

두루 그런 마음으로 대하는 것 같아요. 그럴 수 있을 만큼 최선을 다해서 내가 지금 할 수 있는, 지금 베풀 수 있는 사랑을 베풀려고 노력하는 거죠. 그래서 저는 그렇게 믿고 싶습니다.

탈리타 좋습니다. (개띠랑님을 바라보며) 엄청 생각하고 있는 표정이에요. (웃음)

개띠랑 (웃음) 아, 똑같아요. 똑같아요!

탈리타 그래도 개띠랑님의 언어로 표현해 주세요.

개띠랑 아, 뭐라 그러셨죠? (다같이 웃음)

탈리타 관심이 생기는 거요.

개띠랑 아, 하나에 관심이 생기면 쭉 파는 거요?

다솜 근데 그게 지금의 형태로 막 그 관심이 끝나는 게 아니라, 세월이 갈수록 또 다른 궁금증들이 생기잖아요. 그러면서 그 마음들로 뭔가 평생 이어질 수 있다.

개띠랑 아, 맞아요! 아까 제가 말한 감정!

탈리타 궁금증~ 맞네. 아까 사랑에 대한 감정을 궁금증이라고 하셨는데, 그 궁금증이 있으면 평생 갈 것 같다는 거죠?

개띠랑 관심이 생기는 거니까. 어쨌든 계속 물어보고 또 물어보고 이렇게 하지 않을까요? 계속 새로운 점이 궁금해지고.

탈리타 좋은데요.

다솜 그게 그냥 좋은 면에서만 그런 게 아니라, 만약에 나쁜 점이 있을 때도 저 때는 저렇고, 이럴 때는 또 어떻게 해결하는지에 대해서 또 보고, 그럼 그게 궁금하고, 여러 사건들이나 이런 걸 대하는 자세를 보면서 계속 그럴 수 있을 것 같아요.

탈리타 재미있네요. 자, 그럼 마무리하면서 사랑에 대해서 더 이야기 못하고 넘어간 게 있다 하는 게 있으실까요?

두루 음… 저는 그렇게 생각해요. 이게 사랑이라는 걸 너무 과대하게 생각할 필요는 없는 것 같아요. 사랑에 대해 너무 크게 생각하니까 자꾸 싸우게 되고, 자꾸 부딪히고, 불안하고, 질투하고, 이게 사랑을 너무 크게 생각하면 좀 힘들더라고요. 그래서 저는 혼자 살겠다고 마음을 먹은 적이 있었고, 이제 사랑 같은 걸 하고 싶지 않았어요. 근데 주변에서 자꾸 물어보잖아요.

탈리타 주변에선 가만히 안두죠.

두루 너 연애 안 하냐? 그래도 만난다면 어떤 사람 만나고 싶어? 그래서 내가 진짜 안 하고 싶은데, 그래도 만약에 한다면 나는 그냥 좀 잔잔한 사람 만나고 싶어. 잔잔한 수면 같은 사람을 만나고 싶다. 그리고 나는 이렇게 존댓말을 서로 하는 존중할 수 있는 사이면 좋겠다고 그렇게 말을 했었거든요. 저는 그리고 기대를 별로 안 했는데, 근데 어쩌다 보니까 좋은 사람을 만나게 되었고, 진짜 그런 사람이더라고요.

탈리타 잔잔한 사람이라는거죠?

두루 네, 그래서 저는 지금이 너무 좋거든요. 그냥, 막 사랑을 엄청 크게 생각하진 않아요. 저는 그냥 함께 하는 거죠.

탈리타 함께 하는 게 좋다!

두루 함께 챙겨줄 수 있는 건 챙겨주고, 못하는 건 또 못한다고 하고, 있는 그대로. 지금 할 수 있는 사랑을 나누는 게 그게 저는 너무 좋거든요. 물론 정답은 없겠죠.

탈리타 그렇죠.

두루 누군가는 불같은 사랑일 수도 있고, 차가운 사랑이 있을 수도 있고요. 근데 지금의 저는 그런 것 같아요. 그냥 내 삶에 여러 가지 요소가 있잖아요. 우정도 있고, 가족도 있고, 일도 있고. 저는 그것 중에 사랑이 있는 것뿐이지. 사랑이 뭐 내 인생을 책임져줄 것도 아니고, 지금 내가 나눌 수 있는 마음을 나누는 게 그게 저한테는 지금의 상황이고, 그냥 이게 너무 좋아요.

탈리타 내가 할 수 있는 만큼 하는 지금이 너무 좋다! 좋네요!

함께하는 사랑?

나는 혼자가 편하고, 혼자 있는 시간이 꼭 필요한 MBTI 'I' 성향이긴 하지만, '함께', '같이', '팀', '공동체'와 같은 단어들을 자주 사용하는 편이고, 사람을 꽤나 좋아한다. 그래서 특히나 개띠랑 유니버스와 진행한 인터뷰는 너무 즐거웠다. 세 사람이 함께하며 시너지를 내는 모습이 너무 멋있었고, 부럽기까지 했다. 그런 의미에서 봐도, 사랑이란 '함께'라는 단어를 빼놓을 수 없는 것 같다. 물론 '나'를 사랑한다는 건 좀 다르겠지만, 사랑은 대상이 꼭 필요하다.

'함께'한다는 건 사람을 성장시킨다. 혼자 할 수 없는 것을 할 수 있게 만들어준다. 상대가 잘 자라길 바라는 마음이 사랑 같다는 오평 사장님의 말처럼 사랑과 성장은 함께 가는 것 같다.

그렇게 나는 오늘도 사랑하며 성장하고 있다.

Part 6.

조건 없는 사랑

사랑받는 젤라

젤라님과의 인터뷰는 유일하게 비대면으로 진행된 인터뷰였다. 거제도에 살고 있는 젤라님은 귀여운 나의 인친 작가님! 젤라님은 인스타에 올린 내소식을 보고 먼저 인터뷰를 해보고싶다고 댓글을 남겨주셨고, 지역적인 제약으로 zoom을 활용해 만나기로 했다. 그저 귀여운 아기 삐약이 같은 젤라님은 사랑에 대해 어떤 생각을 가지고 있을까 궁금했는데, 그녀가 얘기해준 사랑은 정말 멋있는 사랑이었다.

탈리타 안녕하세요. 간단하게 자기소개와 함께 시작해 볼까요?

젤라 안녕하세요. 저는 글을 쓰고 있고, 졸업도 준비하고 있는 대학생 젤라입니다.

탈리타 와~ (박수) 그럼 바로, 저의 시작 질문인데, 젤라님은 지금 사랑하고 있나요?

젤라 그럼요. 저는 조건 없는 사랑을 받고 있습니다.

탈리타 조건 없는 사랑을 받고 있다니, 멋지네요! 사랑이 무엇이라고 생각하시기에 지금 그 사랑을 받고 있다고 대답해 주신 걸까요?

젤라 제가 '사랑'이라는 단어를 사전으로 찾아봤거든요. '어떤 사람이나 존재를 몹시 아끼고 귀중히 여기는 마음'을 사랑을 한다고 하더라고요. 저희 부모님께서는 저를 조건 없이 아껴주시고 보살펴주시니까. 그걸 사랑이라고 생각한 거죠. 물론 연인적인 관계도 사랑이라고 표현은 하는데, 일단 부모님의 사랑이나 가족들에 대한 사랑이 애초에 기반으로 깔려 있기 때문에 더 중요하지 않을까라고 개인적으로 생각합니다.

탈리타 좋네요. 부모님의 조건 없는 사랑을 받고 계신 젤라님! 정말 멋지네요.

젤라 그래서 말로 표현 하는 게 중요한 것 같아요. 항상 엄마 아빠가 표현도 해주시고 그래서, 저도 표현을 하고, 그러면서 좋은 에너지를 줄 수 있는 좋은 영향력이 되지 않을까 그렇게 생각해 봅니다~!

탈리타 맞아요. 젤라님 얘기하신 것처럼 표현을 하는 게 중요한 거죠. 부모님께서 표현을 많이 해주시나 봐요.

젤라 엄마가 표현을 많이 해주시고요. 아빠는 낯간지러워 하시는 경우도 있지만, 그래도 좋아한다고 사랑한다고, 사람들 없을 때 그렇게 많이 표현을 해주시려고 합니다.

탈리타 젤라님이 그렇게 부모님의 사랑을 많이 받아서 이렇게 사랑이 넘치나 봐요!

젤라 그런 것도 있는 것 같아요! 엄마 아빠가 표현을 많이 해주셔서 저도 다른 사람들에게 표현을 해주는 것이 좋구나라고 확실하게 알겠더라고요. 이거 정말 좋은 감정이구나. 표현해 주는 게 정말 좋다는 것을 알겠어요.

탈리타 지금 딱 좋은 키워드를 얘기해 주셨어요. '좋은 감정'이라고 하셨는데, 그러면 젤라님이 생각하고 느끼는 사랑이라는 감정은 어떤 감정인가요? 감정 단어로 표현해 본다면?

젤라 음… 바로 확 와닿지는 않아요. 근데 뭔가 상실감을 느끼거나, 뭔가에 후회되거나 하는 행동을 했을 때 그래도 좋은 방향으로 나갈 수 있게끔 도와주거나, 아니면 나의 행동이 변화될 수 있도록 할 수 있는 게… 행동적으로나 감정적으로 잘 나타나 있으면, 그게 사랑의 좋은 에너지라고 생각을 하는 거죠.

탈리타 뭔가 상실감이나 후회될 때 좋은 방향으로 나아갈 수 있는 긍정적인 에너지에 대해 말씀해 주셨는데, 이게 감정으로 따진다면 뭘까요?

젤라 감정? 감정으로 따지기엔 정말 애매하고 어려운 것 같은데…

탈리타 그죠, 어렵죠. 그래서 궁금해요. (웃음)

젤라 어려운데, 내가 안정감을 느끼는? 내가 사랑을 받고 있구나 하는? 부모님께서 나에게 이렇게 사랑을 주시니까, 다른 사람들도 나에게 이런 사랑을 줄 수 있구나 하는 사람에 대한 경계를 허물 수 있는 것 같아요.

탈리타 사람에 대한 태도가 달라지는 거네요.

젤라 제가 사람과의 관계에 대한 결핍? 또는 두려움이라고 볼 수도 있는 것이 있는데, 그래도 부모님께서 여러 가지로 힘든 일이 있거나 했을 때, 도와주시고 보듬어주셔서 지금까지 올 수 있었던 것 같아요. 좋은 에너지를 주시고, 좋은 방향으로 이끌어주셨어요.

탈리타 뭔가, 젤라님의 부모님이 궁금해지네요. 어떤 분이실까 하는 생각이 들면서요.

젤라 저희 엄마 아빠가 표현도 많이 해주시고, 책도 많이 읽어주시고 했어요. 옛날에는 공부해라 하는 것도 좀 있었지만, 지금은 저의 상처를 보듬어 주려고 노력하고 계세요. 그래서 뭔가 고맙기도 하고 죄송하기도 하고 그렇죠.

탈리타 그러시군요! 정말 좋은 부모님을 두신 것 같네요. 자, 그럼 다시 인터뷰로 돌아가서, 다음 질문을 할게요.

젤라 네!

탈리타 지금 부모님의 사랑에 대한 이야기를 많이 나누어주셨는데, 부모님 사랑도 좋고 다른 사랑도 괜찮아요. 사랑을 생각하면 젤라님은 행복하신 기억이 먼저 떠오르시나요, 아니면 아픈 기억이 먼저 떠오르시나요?

젤라 부모님을 생각하면 좋은 기억이 더 많았는데, 제가 연애를 해봤을 때를 생각해 보면 그렇게 좋았던 기억은 없었던 것 같아요. 아픈 기억이라고 설명하기도 애매하지만, 어렸을 때 상처가 많았고, 그래서인지 상대에게 맞춰주려고 했었어요. 어떻게 해야하는지 잘 몰랐던 거죠.

탈리타 아… 연애 할 때 그러셨던 거죠?

젤라 네, 관계의 중요성을 따져야 하는데, 그냥 유지를 하고 싶었던 것이 더 컸던 것 같아요. 그래서 좋았던 기억보다 안 좋았던 기억이 더 많아요. 서로가 기브 앤 테이크가 있어야 하는데, 나는 주기만 하고, 상대는 뭔가 받는 것도 아니고 주는 것도 아니고… 그러다 보니 얘가 나를 좋아하나에 대한 의심이 들기 시작하고, 서로 신뢰가 떨어지는 거죠. 그러면서 사람을 만나는 것이 이렇게 어려운 건가 했고, 그런 게 힘들었어요.

탈리타 맞아요. 관계, 사람과의 관계가 정말 어려워요.

젤라 사랑 자체가 애초에 관계 안에 사랑이 있는 거라

서 어려웠던 것 같아요. 여자 대 여자도 어려운데, 이성이라서 더 어려웠던 것 같아요. 기브 앤 테이크라기보단 왔다 갔다 하는 관계, 그러니까 소통이 되어야 하는데, 그게 잘 안되니까, 티키타카가 잘 안되니까 어려웠어요.

탈리타 결국 소통의 문제랑도 연결이 되네요.

젤라 사랑에 대한 두려움이 컸어요. 연애를 하면서 오히려 사람에 대한 신뢰가 낮아지고, 이렇게 하면 안 되겠구나 하는 것이 커졌는데, 그럼에도 상대가 나를 좋아한다고 하니까. 이게 뭔가 싫고… 어려운 것 같아요.

탈리타 맞아요. 사랑, 참 어렵죠. 그렇다면 그렇게 어려운 사랑, 그 사랑에 대한 기억이 남는 스토리가 있으실까요? 어려웠던 에피소드 같은 거요. 공유해 주실 수 있는 젤라님의 사랑 이야기가 있을까요?

젤라 에피소드라고 생각하면 잘 안 맞지만, 그냥 쭉 친하게 지냈던 친구가 있었어요. 중학교 3학년 때부터 알았는데, 그 친구가 저를 옆에서 계속 지켜봐주고 힘들면 뭘 사주고, 연애하든 말든 상관없이 옆에 있어주는, 언제나 계속 있어주는 친구였죠.

탈리타 남사친인가요?

젤라 그렇죠, 처음엔 그냥 남자 사람 친구인데, 점점 친구가 아닌 느낌이 들었어요. 내가 아플 땐 약을 사다 준다거나, 뭔가 힘든 일이 있으면 전화를 해준다거나, 신경을 써줬어요. 먼저 배려를 해준다거나 그러기도 했고요. 저는 힘든 일이 있으면 모든 연락망을 끊어버리는 단점이 있는데, 그거를 이해해 주고 존중해 주면서 챙겨줬어요. 근데, 상대는 내가 먼저 챙겨줬다고 하더라고요.

탈리타 상대는 젤라님이 먼저 챙겨줬다고 하는데, 사실 그 친구가 먼저 챙겨준 거죠?

젤라 맞아요. 그 친구는 제가 그냥 친구 대 친구로 와줘서 더 편했다고 하더라고요. 그래서 좋은 감정을 느꼈다고, 제가 걔를 사람 자체로 봐줘서 좋았다고, 그렇게 대화해 보니까 지금까지 왔고, 그래서 시작을 했죠.

탈리타 아, 친구에서 연애를 시작했다는 걸까요?

젤라 맞아요. 정말 많은 대화를 했고, 그 친구가 이런 일이 있었다고 했을 때 이해해 주고 존중해 주다 보니까 오랫동안 만났어요. 그렇게 해서 1년이 되었네요. 이 관계가 보통은 연인이라고 하는 관계이지만, 저는 좀 다른 것 같아요. 우리 관계에 대해서 사람 대 사람으로는 좋아하는 게 확실한데, 연인으로서 남자 대 여자는 어색하더라고요.

탈리타 사귀는 관계지만, 연인은 아니다?

젤라 이상하죠. 그래서 '사귀자' 하면서 1일을 챙기는 것도 아니고, 스킨십도 많지 않고, 그냥 뭐랄까 사람으로서의 호감이 큰 것 같아요. 연인이라는 관계가 되면, 관계가 끊어졌을 때, 주변 사람들과의 관계도 안 좋아질 수 있고, 불편한 관계가 되는게 싫었어요.

탈리타 아…!

젤라 그런 식으로 좋은 사람을 잃은 경험이 있어서, 이 관계도 명확하게 얘기하기 어려워요. 저는 남녀관계에서 남자 자체를 두려워하는 것 같은데, 이친구가 스며들 듯이 들어왔어요. 물론 친구로만의 감정은 아니죠. 서로의 동의를 구하고 이런 애매한 관계를 유지하고 있어요.

탈리타 제가 들으면서 흥미로운 게, 흔히 사람들은 이런 관계를 연인 관계라고 하죠. 하지만 젤라님은 이 관계를 연인이라고 하긴 싫은 거 같아요. 왜냐면 이성적으로 좋아하는 감정보단 사람으로 좋아하는 감정이 더 강하니까?

젤라 맞아요. 얘를 잃고 싶진 않아요. 친구 이상이죠.

탈리타 뭔지 알 것 같아요. 관계에서의 명확한 정의를 굳이 내릴 필요가 없을 수 있죠.

젤라 그래서 다른 사람들 앞에서는 그냥 남자친구 있다고 하죠.

탈리타 그렇겠어요.

젤라 대체적으로 사람들은 사귄다 안 사귄다로만 정의를 내리니까, 그런 정의라면 사귀고 있다고 얘기하고 있어요. 그렇지만 저는 그런 정의로 국한되지 않고 관계적으로 묶어놓고 싶지 않아요. 그래도 설명하기 애매하니까 그냥 사귄다고 하죠. 아, 설명하기가 어렵다.

탈리타 아, 이제 알 것 같아요. 저는 이 이야기가 오히려 좋게 다가온 것이 제가 사랑에 대한 인터뷰를 하면서 사랑의 관계를 어떤 한 가지 정의로 가두고 싶지 않거든요. 다양한 관계, 다양한 형태의 사랑 얘기를 듣고 싶었어요. 젤라님이 하고 있는 관계도 우리가 흔히 말하는 정의로 가둘 수 없는 관계네요. 약간 그렇네요.

젤라 그렇죠. 서로 존중하는 관계죠.

탈리타 그러면 다음 질문으로 넘어갈게요. 그냥 단순히 제가 궁금해서 사람들에게 물어보고 있어요. 평생 한 사람만 사랑할 수 있다고 생각하시나요?

젤라 제가 부모님 같은 경우를 보면, 서로가 신뢰를 가지고 있다면, 함께 할 수 있다는 믿음이 있다면 충분히 가능하다고 생각해요. 부모님이 늦게 결혼을 하셨는데, 저를 낳고 동생도 키우시면서 말씀하시는 것을 들어보면… 서로가 정말 좋아하고 서로의 이상향이 맞는다면, 저는 충분히 가능하다고 생각합니다.

편안함과 애틋함의 사랑,

크리스탈과 정진

'탈리타'를 아는 사람은 대부분 알고있듯, 나는 본캐와 '탈리타'라는 부캐를 나눠서 활동을 하고 있다. 탈리타로 인스타에서 활동하게 된 계기 자체가 우울증, 조울증이라는 무거운 주제였기 때문에 본캐에서 만나는 지인들에겐 내 부캐를 잘 밝히지 않는다. 특히 회사 사람들에게는 절대 비밀! 이런 배경에서 보면 크리스탈과 정진은 나에게 아주 특별한 사람들이다. 그들에겐 나의 부캐를 밝혔고, 그들은 탈리타로서의 나를 응원해주는 고마운 전 직장 동료가 되었다.

탈리타 안녕하세요. 자기소개 부탁드려요. 본명 밝히기 좀 그러시면 닉네임으로 소개해 주셔도 돼요!

크리스탈 안녕하세요. 저는 탈리타의 전 직장 동료인 94년생 크리스탈입니다.

정진 저는 탈리타의 전 직장 동료 정진이라고 합니다. 탈리타와 직장 동료로 지냈지만 친구 이상, 함께 기도하는 사이라서 제 나름은 가깝다고 느끼고 있어요. 뭔가 속사정 다 알고 있는 사이라고 생각합니다. 저는 상담사로 일하고 있습니다.

탈리타 그럼 첫 번째 질문은 두 분은 지금 사랑하고 계신가요?

정진 저는 사랑하고 있습니다.

크리스탈 저도 사랑하고 있어요.

탈리타 그럼 사랑을 무엇이라고 생각하길래 이렇게 빨리 사랑하고 있다고 대답했는지 편하게 말해주세요.

크리스탈 저는 항상 사랑을 떠올릴 때 가족을 먼저 떠올리는데, 지금 행복한 가정이 있고, 부모님이랑 잘 지내고, 오빠랑 새언니랑도 잘 지내기 때문에 저는 현재 사랑을 하고 있다고 생각합니다.

탈리타 그러면 크리스탈님의 사랑은 가족인가요?

크리스탈 네, 저는 가족이고, 앞으로도 사랑은 가족이라는 생각이 들어요. 가족 안에서도 부모님의 사랑이 더 사랑이라고 생각하게 되는데, 이 세상에서 변하지 않는 건 부모님의 사랑이라고 생각해요. 예를 들면 연인들과의 사랑은 헤어질 수도 있는 거고, 부부의 사랑도 악화 되면 이혼을 할 수도 있는데, 부모님의 사랑은 변하지 않는 것 같아요.

탈리타 좋아요. 정말 사랑받으면서 자란 우리 크리스탈님다운 대답이네요. 그럼 정진님은 사랑을 뭐라고 생각하세요? 너무 깊게 생각하지 말고, 지금 그냥 떠오르는 거요.

정진 지금 떠오르는 건 쏟아지는 빛 같은 거요. 아까 되게 어두웠는데, 갑자기 빛이 쏟아지는 거야. 그래서 화사해지고, 그제야 그 사람의 환한 모습이 보이듯이, 사랑이 그런 것 같아요.

탈리타 아주 문학적이다.

크리스탈 역시~ (다같이 웃음)

정진 이게 막 퍼지는 빛이라기보단 스포트라이트처럼 딱 그 사람을 비춰주는거. 초점화되는 거예요.

탈리타 좋습니다. 되게 은유적이고 예쁜 표현이네요. 그렇다면 다음 질문은 우리가 사랑의 정의 아닌 정의를 내려봤는데, 그럼 사랑을 감정으로만 표현해 본다면, 당신이 생각하는 사랑의 감정은 어떻게 표현할 수 있나요? 특히 상담사니까, 많은 감정 단어들을 알고 계시잖아요.

정진 감정 단어라…

탈리타 물론 하나가 아닐 수 있어요. 그래도 굳이 지금 딱 떠오르는 감정은?

크리스탈 저는 편안함.

탈리타 그렇지. 편안한 감정.

크리스탈 그러니까 물론 연인과의 사랑은 짜릿하거나 자극적일 수 있는데, 저는 가족이라고 한 것에서 느껴지듯이, 정말 편안한 감정이요.

탈리타 정진님은요? 굳이 표현해 본다면?

정진 설렘일 수도 있고, 때로는 아릴 때도 있고…

탈리타 그렇죠. 여기는 감정 단어가 많은 분이라 더 어려울 것 같은데.

정진 든든할 때도 있고…

탈리타 그중에 하나만 골라본다면?

정진 애틋함!

탈리타 너무 좋다. 애틋함.

정진 애틋함이라는 감정은 뭔가 기다리는 감정이면서 약간 슬픔 계열인데, 슬픔이랑은 다르지. 너무 귀하게 여겨주는 게 애틋함 같아.

탈리타 맞아. 귀하게 여기니까 애틋한 것 같네. 그럼 자연스럽게 다음 질문으로 넘어가면 우리가 사랑을 감정으로 표현해 봤는데, 그럼 여기서 이 감정을 두 가지로 굳이 나눈다면 행복과 슬픔 중에 두 분은 사랑을 떠올렸을 때 어떤 기억이 먼저 떠오르세요? 그 기억에 대해 나눠주실 수 있나요?

크리스탈 아, 가족을 생각하면 행복한데… (슬픈 표정을 짓는다)

탈리타 왠지 표정이 슬퍼보이는 데요.

크리스탈 아시듯이 최근에 이별을 해서… 연인과의 감정이라고 생각하니까 슬픈 감정이 먼저 떠오르네요.

탈리타 그럼 연인과의 이별 얘기를 들려주실 수 있나요? 어떻게 만났죠?

크리스탈 저는 친오빠와의 관계가 정말 좋은데, 그래서 친오빠의 소개로 만나게 되었어요. 제가 소개팅을 여러 번 했는데, 정말 어렵게 남자친구를 사귀게 된 거라. 저에게는 굉장히 이상형에 가장 부합했던 사람이었고, 정말 하늘에서 뚝 떨어진듯한 그런 사람이었거든요.

탈리타 하늘에서 뚝 떨어졌다니.

크리스탈 그런데 정말 드라마에서 나올 법한 그런 이야기 같은데, 그 사람의 집안 사정이 갑자기 안 좋아져서, 그런 모든 상황을 저에게 다 거짓말 없이 알려줬고, 더이상 같이 미래를 그리기에는 조금 서로 힘든 상황이라서 어쩔 수 없이 이별을 하게 되었어요. 그 사람이 행복했으면 좋겠어요.

탈리타 그러게요. 슬픈 기억이네요.

크리스탈 그렇지만 그 사람과 함께 했던 시간은 진짜 정말 행복했어요. 제가 연애했을 때 일기를 썼는데, 이보다 더 행복할 수 있을까라고 막 그렇게 썼거든요. 그래서 어쩌면 너무 행복했던 나머지 제가 이렇게까지 슬프게 된 것 같지만, 아무튼 그때 너무 행복했었어요.

탈리타 어떻게 보면 행복이 컸기 때문에 슬픔이 더 크게 느껴질 수도 있어요.

크리스탈 맞아요.

정진 저도 질문해도 되나요?

탈리타 그럼요.

정진 어떻게 했는데, 그렇게까지 행복했던 거 같아요?

크리스탈 그러니까 저는 되게 눈이 높은 편이라고 생각을 하는데, 이 사람이 너무 딱 맞아. 외모도 맞고, 성격도 그렇고. 이렇게 다 맞는 사람이 그냥 내 앞에 있으니까 다 행복했어요. 그리고 너무 잘 맞아서 재미도 있었어요. 대화도 잘 통하고, 되게 다정한 사람이었고, 아무튼 되게 마음이 따뜻한 사람이었어요.

정진 그러니까 거기서 행복감을 느낀거죠.

크리스탈 소소한 거에도 행복을 느꼈죠. 오빠가 아침마다 굿모닝 하면서 잘 잤나고 저의 안녕을 묻는 게 좋고. 저의 잠을 응원해 주는 게 너무 설레는 거예요.

출근길 전에 오빠가 해주는 카톡들이 너무 좋았고, 제 일상을 같이 공유하고, 한창 업무적으로 바쁜 시즌이었는데, 이렇게 퇴근할 때마다 계속 너무 너무 고생했다면서 응원을 해주는 게 저에게는 너무 힘이 되었어요.

탈리타 사랑받고 있음을 느끼게 해줬나 봐요.

정진 내 말이 그 말이야.

크리스탈 사랑받고 있음을 느꼈을 때 행복했던거네요.

탈리타 그게 포인트인 것 같아요. 서로 이렇게 연인 간에 만났을 때, 이 사람도 나를 사랑하는 거고 나도 이 사람을 사랑하면서 서로 원하는 것을 줄 수 있을 때 행복한 거지.

크리스탈 말도 진짜 예쁘게 하는 사람이었어요. 그러니까 그 사람이 나를 너무 특별한 사람으로 만들어준 거죠.

정진 내가 말한 쏟아지는 빛이 비친다는 게 딱 이거네. 내가 괜찮은 사람이구나를 느끼게 해주는 거.

크리스탈 진짜 이 사람이 자꾸 나한테 멋지다 멋지다, 예쁘다 예쁘다, 고생했다 고생했다 이렇게 해주니까 내가 일이 하나도 안 힘든 거야. 나 진짜 보람 있는 일을 하네. 그러니까 내가 몰랐던 부분을 그 사람이 이렇게 알려주니까 내가 일을 좋아하게 되고, 내가 특별한 사람이 되고 그런 거였죠.

정진 근데 연애할 때는 진짜 기능이 잘 되는 것 같아.

크리스탈 맞아. 이게 그러니까 삶의 기능.

정진 뭔가 일 처리도 그렇고, 사고 능력도 그렇고, 더 빠릿빠릿해지고.

크리스탈 맞아 맞아.

탈리타 사랑의 힘이지. 찐사랑이었네.

크리스탈 진짜 사랑했었다.

탈리타 사랑했다. 하지만 슬픈 기억으로 마무리가 됐네요. 안타깝다. 그럼 우리 정진님의 사랑은 어땠나요. 슬픈 기억인가요, 행복한 기억이 떠올랐나요?

정진 되게 많은 장면이 떠오르는데, 저는 신과의 사랑을 빼놓을 수가 없어서.

탈리타 좋아요. 그럼 신과의 사랑은 행복해요? 슬퍼요?

정진 신과의 사랑은 감사죠.

탈리타 감사하다!

정진 감사하지만 또 한편으로는 이게 갈급함이라고 해야 하나? 되게 역설적이에요. 이게 영적인 세계 안에서는 그분이 보이지 않는 거잖아요. 보이지 않는 그 미묘한 섬 가운데서 항상 내가 원하는 걸 주지 않으시니까. 그럴 때 오는 아린 마음과 적막함, 기다려야 하는 마음과 기다렸을 때 또 채워지는 그 무언가. 되게 복잡해요.

탈리타 이것도 애틋함이네.

정진 그러네요. 하나님과의 사랑에서 오는 애틋함.

탈리타 그러면 바로 다음 질문으로. 사랑에 대한 에피소드를 나눠주세요.

정진 하나님과의 에피소드 얘기해도 되나?

탈리타 괜찮죠. 나도 크리스천인 거 다 아는데.

정진 그러니까 저는 살고 싶지 않을 때가 있었어요. 자살 사고도 많았고. 삶을 포기하려고 할 때 그분이 나를 딱 붙들었던 사건이 있어서.

탈리타 그게 언제쯤이에요?

정진 어렸을 때도 있었고, 종종 있었어요. 저는 아버지가 일찍 돌아가셔서, 4살인가 5살에 돌아가셨는데, 돌아가신 걸 늦게 알았거든요. 초등학교 2학년 때인가.

탈리타 아, 그럼 그동안은 아버지가?

정진 미국에 간 줄 알았어요. 어른들이 다 아빠 돈 벌러 미국에 갔다는 식으로 했어요. 그러니까 난 몰랐죠. 근데 초등학교 2학년 때 어느 날 할머니가 술을 진탕 드시고 너네 아빠 미국 간 게 아니라 하늘나라 갔다고 하면서 엄청 우셨던 기억이 있고, 그 날이 제가 처음으로 죽으려고 했던 날이에요. 초등학생이니까 순수한 마음에, 내가 여기 옥상에서 떨어지면 아빠를 보러 갈 수 있겠다. 하늘 나라에 갈 수 있겠다. 그러니까 저에게 자살 사고와 아빠를 만나러 가는 게 이렇게 연결이 되어있었어요.

탈리타 아, 그 어린 나이에…

정진 그러다가 사춘기가 찐하게 왔는데, 한번은 내가 뭘 그렇게 잘못했길래 난 아빠가 없냐고 막 엄청 울었어요. 대한민국 사회에서 아빠가 없다는 건 경제적으로 넉넉하지 않을 가능성이 높고, 되게 억울

하고 그런 거니까. 근데 그때 그분이 저를 찾아오셨죠.

탈리타 그때, 하나님을 만나셨군요.

정진 네, 울지 말라고. 그때 하나님께서 하신 말씀도 기억나요. 내가 가난한 이들을 품에 안고 울어줄 수 있는 사람으로 너를 쓰려고 불렀다고. 다 이해하지 못하겠지만 아파본 사람만이 아픈 사람을 이해할 수 있듯이. 그때 바로 쏟아지는 사랑을 느꼈죠.

탈리타 스포트라이트가 비치는 것 같았겠네요. 연결이 된다! 자, 그럼 다음 질문으로. 제가 그냥 궁금해서 묻기 시작했는데, 두 분은 평생 한 사람만 사랑할 수 있다고 생각하시나요? 그러니까 우리는 사회적으로 평생 한 사람만 사랑해야 한다는 그런 합의가 있잖아요. 전 이거에 대한 다양한 사람들의 의견을 듣고 싶었는데, 실제로 다양하게 대답해 주시더라고요.

정진 저부터 할게요. 이거는 제가 많이 생각해 봐서.

탈리타 오, 좋아요.

정진 설렘은 언제나 일어날 수 있어요. 그런데 설렘이 곧 사랑은 아니니까, 설레는 감정과 상관 없이 한 사람하고만 계속해서 깊은 관계를 이어 갈 수 있다고 생각해요.

탈리타 그러니까 설렘이라는 사랑은 평생 안가지만.

정진 제가 생각한 설렘은 사랑이 아니죠. 그러니까 사랑을 하기 위해서 설렘은 시작할 때 일어나는 신체적인 각성 같은 거죠.

탈리타 그럼 설렘이 아닌 사랑은 평생 갈 수 있다는 거죠?

정진 그렇죠.

탈리타 그럼 크리스탈님은요?

크리스탈 저는 사랑하는 사람이 있으면 평생 함께 할 수 있을 거라고 생각을 하고. 만약에 제가 다른 사람에게 설렘을 느낀다고 해도 이 사람을 위해서 그 감정을 차단할 것 같아요.

탈리타 결국 아까 정진님의 이야기랑 좀 겹치는 게, 결국 설렘을 느낄 수는 있지. 하지만 그것만으로는 사랑이라고 할 수 없으니까. 내가 진짜 평생 사랑하는 한 사람을 위해서 그 감정을 포기한다는 거죠.

크리스탈 그러게. 비슷하네요.

믿음, 소망, 사랑, 그 중 제일은 사랑이라

"사랑은 오래 참고 사랑은 온유하며 시기하지 아니하며 사랑은 자랑하지 아니하며 교만하지 아니하며, 무례히 행하지 아니하며 자기의 유익을 구하지 아니하며 성내지 아니하며 악한 것을 생각하지 아니하며, 불의를 기뻐하지 아니하며 진리와 함께 기뻐하고, 모든 것을 참으며 모든 것을 믿으며 모든 것을 바라며 모든 것을 견디느니라. … 그런즉 믿음, 소망, 사랑, 이 세 가지는 항상 있을 것인데 그 중의 제일은 사랑이라."

[성경 고린도전서 13:4-7, 13절 말씀]

나는 크리스천이다. 기독교 가정에서 태어났고, 기독교 환경에서 자랐기 때문에 성경에서 유명하다고도 할 수 있는 사랑에 대한 이 말씀은 나에게 매우 익숙하다. 신앙서적이 아닌 독립출판물에 이렇게 성경 구절을 있는 그대로 '굳이' 싣는 이유는 내가 배운 사랑, 내가 생각하는 사랑의 성격을 이 말씀만큼 잘 설명해 주는 글이 없기 때문이다. 신앙인이 아니더라도 이 구절을 곱씹다 보면 사랑에 대해서 더 깊이 생각할 수 있지 않을까 하는 마음에 이렇게 책에 남겨놓는다.

젤라님과 크리스탈님의 사랑은 가족이었다. 조건 없이 주는 사랑. 내가 받을 것을 바라고 하는 것이 아닌 그저 상대의 존재만으로 좋고, 뭐든 주고 싶은 그 귀한 마음. 이런 조건 없는 사랑이야말로 오래 참을 수 있게 만들어주는 찐 사랑인 것 같다. 이런 사랑은 나의 유익보다 상대의 유익을 바라며, 함께 기뻐한다.

정진은 하나님의 사랑에 대해 말을 해주었다. 그가 만난 하나님, 그가 경험한 신과의 사랑. 감동적이었다. 이날 내가 받은 깊은 감동은 사랑을 주제로 여러 사람들과 대화를 나누면서 얻은 큰 수확 중 하나다.

사랑은 참 감동적이다. 그래서 이렇게 사랑에 대해 말하고, 듣고, 쓸 수 있어 행복하다.

부록.

사랑에 대한 밸런스 게임

사랑에 대한 글을 쓰면서 이런저런 생각을 하다가 재미로 만들어 보았어요. 당신의 선택은 무엇인가요?

앞에 나온 모든 인터뷰 대상자분들에게도 같은 질문을 드렸었어요. 정말 제각각의 답과 다양한 생각이 나왔는데, 일부러 그 내용은 책에 담지 않았어요. 왜냐하면 전 지금, 당신의 생각이 궁금하거든요! 그럼 한번 골라볼까요?

뒷장에는 제 생각을 남겨놓았어요. 주변 사람들에게도 물어보세요. 나와 같은지 다른지. 그 사람의 사랑에 대한 생각을 알게 되는 재미있는 기회가 될 거예요.

1. 풋풋한 썸 vs. 성숙한 결혼

2. 연락 자주 하기 vs. 연락 자주 안해도 괜찮음

3. 섬세한 남친 (or여친) vs. 무던한 남친(or여친)

4. 내가 좋아하는 사람 vs. 나를 좋아하는 사람

5. 연인과의 사랑 vs. 친구와의 우정

6. 10년동안 솔로 vs.
10년동안 연애하면서 여러 상대에게 5번 차이기

7. 10년동안 솔로 vs. 짝사랑 10년 (결말 모름)

8. 잠수 이별 vs. 환승 이별

9. 질질 끄는 연애 vs. 깔끔한 이별

*사랑에 대한 밸런스 게임_탈리타의 선택

풋풋한 썸 vs. 성숙한 결혼

정말 솔직해져 볼까. 지금은 '풋풋한 썸'을 고르고 싶다. 내가 현재 결혼 생활에 만족하지 않는다는 것은 절대 아니지만, 그냥 '썸'의 감정이 그립고, 내가 이제 가질 수 없다는 그런 사실 때문에 더 간절하게 느껴지는 것 같다.

연락 자주 하기 vs. 연락 자주 안해도 괜찮음

연락 자주 하기! 이 부분은 망설임 없이 골랐다. 나는 귀찮을 정도로 연락을 자주하는 편이고, 자주 연락을 받고 싶어 한다. 연락을 한다는 것은 나의 생활 속에서 그 사람이 계속 생각난다는 것이고, 또한 그 마음을 지속적으로 표현해 주는 것이라고 생각하기 때문에 나는 연락을 중요하게 여긴다. 내가 사랑하는 사람과 계속 연결되어 있고 싶어서인 것 같다.

섬세한 남친 (or여친) vs. 무던한 남친(or여친)

섬세한 남친이 좋다. 나를 관찰해 주는 사람이 좋다. 그 사람에 대해 계속 궁금해해주고, 관심을 가져주는 것이 그 사람을 사랑하는 것이라고 생각한다. 물론 성격적으로 무던한 사람이 있겠지. 그럼에도 무던하다고 해도 츤데레 같이 챙겨주는 것이 꼭 필요하다고 생각한다.

내가 좋아하는 사람 vs. 나를 좋아하는 사람

나를 좋아하는 사람! 나는 사랑을 주는 것보다 받는 것이 더 좋은 것 같다. 애초에 나한테 관심 없는 사람에겐 좋아하는 감정이 잘 생기지 않는다. 반대로 나를 좋아해 주는 사람에겐 처음에 마음이 없었더라도 그 사람이 계속 신경 쓰이면서 좋아하는 마음이 자연스럽게 생기기도 한다. 이건 아마 나의 애정결핍의 문제일까? 정확히 이렇다고 할 순 없지만, 어쨌든 나는 사랑받고 싶다.

연인과의 사랑 vs. 친구와의 우정

나는 사랑과 우정의 갈림길에선 사랑을 택할 것이다. 우정도 중요하지만, 나에겐 사랑이 더 강력하기 때문이다. (친구야 미안) 좀 더 솔직해져 보자면, 우정은 나에게 있어 그렇게 깊은 감정이 아닌 것 같다. 이건 내가 친구가 별로 없어서 일 수도 있지만, 우정은 있었다가 없어지기도 하는 것을 너무 많이 경험해서 그런 것 같다. 생각하다 보니, 나에게 정말 그렇게 찐한 우정이 생겼으면 좋겠다는 마음이 든다.

10년동안 솔로 vs.
10년동안 연애하면서 여러 상대에게 5번 차이기

정말 어려운 선택인데, 난 그래도 연애하는 것을 선택할 것 같다. 나는 외로움이 많은 사람이라 10년 동안 솔로는 좀 가혹하다. 연애하면서 헤어지는 것, 게다가 내가 싫어진 게 아니라 5번이나 차이면, 이것도 끔찍하고 상처가 남을 테지만, 그래도 살아있는 느낌이 들 것 같다. 그리고 10년 동안 5명의 사람을 만난 것이라 가정한다면, 한 사람과 그렇게 깊은 관계는 아니라는 또 다른 가정을 세울 수 있을 것 같아서,

차여도 생각만큼 안 힘들지 않을까. 오히려 감정의 소용돌이 속에 삶이 롤러코스터처럼 재미있을 것 같다.

10년동안 솔로 vs. 짝사랑 10년 (결말 모름)

이것도 정말 어렵지만, 차라리 솔로로 지내겠다. 앞서 얘기했듯이 나는 짝사랑을 해본 적도 없고, 별로 하고 싶지도 않기 때문에 10년 동안 혼자여야 한다면, 차라리 사랑하는 사람 없이 마이웨이로 사는 게 나을 것 같다. 내가 사랑하는 사람이 나를 10년 동안이나 쳐다보지 않는다면, 정말 비참할 것 같다.

잠수 이별 vs. 환승 이별

잠수 이별이 좀 더 낫지 않을까? 환승 이별은 상대에 대한 배신감이 너무 많이 들어서 힘들 것 같다. 차라리 내가 싫어졌다고 연락을 하지 않고 내 눈앞에서 사라지는 것이 낫다. Out of sight, out of mind라고, 잠수타고 멀어지면 처음엔 짜증 나겠지만, 서서히 잊을 수 있을 것 같다.

질질 끄는 연애 vs. 깔끔한 이별

둘 다 정말 싫은데, 그래도 난 연애를 선택하겠다. 왠지 대부분의 사람들은 깔끔한 이별을 택할 것 같긴 한데… 나는 질질 끌더라도 내가 사랑하는 사람이라는 가정 하에 그 사람과의 관계를 지속하고 싶을 것 같다. 이별해버리면 정말 끝이지만, 계속 관계하다 보면 그 사람과의 감정이 달라질 수 있는 거니까. 권태기를 잘 극복하면 더 좋아질 수도 있으니까. 괜히 기대를 걸어보며 질질 끄는 연애를 택하겠다.

마무리하며

사랑에 대해 여러 사람과 대화하면서 가장 많이 받은 질문은 "그래서 탈리타님이 생각하는 사랑은 뭐예요?"입니다. 그러면 저는 웃으며 솔직히 대답했죠. "그걸 잘 몰라서 묻기 시작했어요." 그렇지만 이 책을 마무리하면서는 제가 생각하는 사랑에 대해서도 꼭 정리해 보고 싶어서 글을 쓰려고 했는데, 이게 정말 어렵고 잘 안돼서 이 파트를 쓰는 데 정말 한참 걸렸습니다.

스캇 펙의 『아직도 가야 할 길』이라는 책에선 사랑을 '자기 자신이나 타인의 영적 성장을 도울 목적으로 자신을 확대시켜 나가려는 의지'라고 정의하고 있습니다. 그리고 사랑과 느낌을 구분하여 설명하고 있고요. 제가 생각하는 사랑도 이와 좀 유사해요. 저는 사랑을 **'사람의 감정과 의지가 복합적으로 섞여 세상을 아름답게 하는 것'**이라고 생각하거든요.

저의 질문에 사랑을 어떤 감정이라고 생각하는지에 대한 내용이 있긴 하지만, 사랑은 감정으로만 설명할 수 있는 영역이 아니라고 생각해요. 감정도 너무 중요하지만 개인의 의지가 함께 있어야 진짜 사랑으로 볼 수 있지 않을까라는 생각이 들었습니다. 그렇게 사랑은 내 감정에서 우러나 내 의지로 어떠한 선택을 하게 만드는 원동력이면서, 그 힘이 결국 세상을 더 살고 싶은 곳으로 만들어주고 있는 것 같아요.

이 책을 만들면서 사랑에 대한 생각을 정말 많이 할 수 있었어요. 사랑은 기쁘기도 슬프기도 하지만, 저에게 있어서 이 책을 만드는 과정은 행복 그 자체였습니다. 세상을 아름답게 하는 사랑에 대해서, 당신도 더 많이 생각해 볼 수 있으면 좋겠어요.

그럼 여기까지, 저와 소중한 사람들과 나눈 사랑에 대한 대화를 읽어주셔서 진심으로 감사드립니다.

이제, 당신의 사랑을 들려주세요.

사랑을 들려주세요

초판 인쇄	2024년 6월 26일
초판 발행	2024년 6월 26일
기획	탈리타, 임발
글쓴이	탈리타
디자인	블루미
편집	탈리타
펴낸곳	빈종이
발행인	임발
출판등록	2019년 9월 2일 제2019-000015호
ISBN	979-11-987975-0-6 (03810)